珈琲屋の人々

心もよう

池永陽

双葉文庫

目次

それから

広げた掌を凝視する。

大きくて分厚い掌には何本ものケロイド状の引きつれが走り、盛りあがった部分は赤黒く変色していた。

醜い手だった。そして、

「人を殺した手……」

行介はそっと呟いて客席に目を走らす。

三十分ほど前に中年のカップルが帰ったあと、客は誰もいなかった。行介の手がコーヒーサイフォン用のアルコールランプに、ゆっくりと伸びる。

手前に引き出して、火をつけようとしたとき、店の扉の上についている鈴がちりんと鳴って誰かが入ってきた。

「こんにちは、行ちゃん」

入ってきたのは『蕎麦処・辻井』の冬子である。

冬子の視線がちらりとアルコールランプをとらえる。贖罪のために行介がランプの火に手をかざすことを冬子はよく知っているが、無言のままカウンター前の丸椅子に腰をおろした。

「外は、空が真っ青」

よく通る声で冬子はいった。

「ブレンドで、いいんだな、冬子」

声をかけると「うん」と冬子はうなずき、行介は手早くコーヒーサイフォンをセットする。

「――そうか、空は真っ青か。いよいよ、秋たけなわっていうところか」

何気なく行介が口に出すと、

「そう、一年中で一番快適な季節――といっても、私は別に快適でも何でもないけどね」

思わせぶりな口調で冬子はいう。

「それは冬子、お前……」

一瞬、行介は押し黙り、無言の時間が流れる。

「静かだね」

ぽつりと冬子がいった。

「静かだな。俺はこういうの決して嫌いじゃないけどな」

　行介は低い声でいい、

「目の前には、冬子がいるしな」

　幾分照れたように言葉を出した。

「へえっ……」

　冬子の目が真直ぐ行介を見た。

「私が目の前にいると、行ちゃんは何かいいことがあるの」

　嬉しそうにいった。

「そりゃあ、冬子、それは……」

　とまどい気味の言葉を出してから、

「おっ、そろそろ、コーヒーの出来あがりだ」

　ほっとした思いで話題を変えた。

　手際よくカップにコーヒーを注ぎ「熱いから気をつけてな」といって行介はそっとカウンターに置く。

　冬子は両手で押しつつむようにしてカップを持ち、口に近づける。少し口のなかに入れてから、ゆっくりと飲みこむ。

「おいしいね。やっぱり」

口元に笑みを浮べる冬子に、

「そうか、じゃあ、俺も――」

行介も笑いながら自分用のカップに、サイフォンからコーヒーを注ぎ入れる。ちゃんと二人分、用意していた。冬子の顔に、へえっという表情が浮んだ。

二人は差し向かいで、何もいわずにコーヒーを飲んだ。

「これって、幸せなのかもしれない」

しばらくして、冬子がいった。

「そうだな。少なくとも、俺にとっては幸せそのものだ。一年で一番快適な季節に、こうしてゆっくりとコーヒーを楽しんで……そして目の前には冬子がいて」

行介は喉につまった声を出した。

「ふうん」

冬子はそろそろとコーヒーを飲む。幾分、顔が上気しているようにも見えて綺麗だった。

鈴が鳴った。

客がやってきたのだ。

「兄貴、またきました」

よく通る声が聞こえて、若い男が入ってきた。顔中を笑いにしながら、真直ぐカウン

ターの前にきて冬子の横に立ち、

「こんにちは、冬子さん。ここ、失礼します」

　思いきり頭を下げて、冬子の隣にすとんと座った。

「おいこら、順平。その兄貴だけはやめろと、いつもいってるだろうが。何だかヤクザになったような気分で落ちつかん」

　顔をしかめる行介に、

「ヤクザだろうが堅気だろうが、兄貴は兄貴ですから仕方がないです。俺、とにかく行介さんのこと尊敬してますから、やっぱり兄貴としか」

　しごく真面目な顔で、順平はいい返す。

「それにしてもだな」

　という行介の言葉にかぶせるように、

「あっ、俺も冬子さんと同じのブレンドで」

　へらっと笑って言葉を出した。

　総武線沿いの商店街にある小さな喫茶店、『珈琲屋』の店主の宗田行介と山路順平は、簡単にいえば刑務所仲間だった。

　バブル期が終る直前――。

　この商店街一帯も地上げ屋の対象になり、怪しげな連中が毎日のようにやってきて、脅しまがいのやり方で土地を売れと迫った。商店主たちのほとんどはそれを断ったが、その結果、地上げ屋たちは強硬手段に出て、悲惨な事件がおきた。

地上げの反対運動の会長をやっていた自転車屋の娘が、複数の何者かに襲われて暴行された。娘はそれを苦に家の梁にロープをかけ、首を吊って死んだ。智子というその娘は、まだ高校二年生だった。

そんなとき、地上げ屋の一人の青野という男が珈琲屋を訪れた。話の口ぶりから、その男が暴行の主犯格だとわかり、行介の怒りは頂点に達した。柔道で鍛えぬいた太い腕で青野の頭を何度も店の八寸柱に打ちつけた。

青野は死に、行介は懲役八年の実刑判決を受け、岐阜刑務所に収容された。

順平と知り合ったのは、そのときだった。

ちょうど行介が出所する少し前、暴行傷害の罪で順平も岐阜刑務所に送られてきた。一緒に服役したのは半年ほどだったが、順平は妙に行介になつき「兄貴、兄貴」と慕ってついて回った。

順平の量刑は三年。

喧嘩が原因だった。

その夜順平は池袋の駅前で幼馴染みだった友人と偶然出会い、意気投合した二人は界隈を飲み歩いた。そのとき肩がふれた、ふれないで一人の若者と諍いがおき、血気にはやった順平はその若者を数発殴り、胸倉をつかんで強い力で突き飛ばした。

突き飛ばされた若者は、コンクリートブロック塀に体を打ちつけて昏倒した。順平と友人は慌てて救急車を呼び、順平はそこで現行犯逮捕された。顔の打撲は軽かったものの若者は首の骨を損傷していて、全治六カ月と診断された。順平は当時、池袋を拠点とする半グレ集団の一員で、前科もあって実刑となった。

その順平が行介を訪ねてきたのは、一月半ほど前のこと。

民生委員の紹介で、なんと行介と同じ町の運送会社に職を得て、住んでいるのもこの商店街裏のアパートだと順平はいった。行介を慕って、順平自身がこの町を選んだとも考えられなくはなかったが、そのあたりはよくわからなかった。順平は二十六歳になっていた。

「無事、ツトメを終えて出てきました。今後ともご指導のほど、よろしくお願いします」

と順平は疳高い声でいって行介に頭を下げ、それからちょくちょく珈琲屋を訪れるようになった。

「今はトラックの助手席に座っていますが、いずれはいっぱしの運転手に」

これが順平の口癖で、運転手を目指して一生懸命仕事に励んでいる様子だった。半グレ集団とはきっぱりと縁を切ったともいっていた。

「それで、どうなの。順平君がいっぱしの運転手になれるのは、いつごろなの」

隣の冬子が順平に軽口を飛ばす。

「それはもう、あっというまですよ。そのときは冬子さんをトラックの助手席に乗せて……」

「乗せてどうするの」

面白そうに冬子はいう。

「あっちこっちと、二人っきりでドライブしようと思いましたが、そんなことをすれば兄貴にぶん殴られそうなので、やっぱりやめにします」

肩を竦める順平は剽軽な顔立ちで、妙に人懐っこいところがあった。

「それはそうかもしれない。行ちゃんは何の取り得もないけど、喧嘩だけは、めったやたらと強いから」

笑いながら冬子はいう。

「そうなんですよ。あっちにいたときでも、兄貴がひと睨みすれば、どんな怖い連中でもおとなしくなりましたから。俺はそんな兄貴が大好きというか、俺のヒーローというか、憧れというか」

そのとき行介が声をかけた。

「与太話はそのへんでやめとけ、順平」

じろりと睨んだ。

「はいっ」と順平は素直な声をあげ「ほら、あの目が怖いんですよ」と大げさに体を震わせる。

が、行介は順平が単なる剽軽者でないことをよく知っている。切羽つまれば、何をしでかすかわからない――そうでなければ半グレ集団などに身を投じるはずもない。

それに行介には、ひとつの危惧があった。

近頃順平は時折り、ふっと暗い眼差しをすることがあった。

剽軽な順平のもうひとつの顔――。理由はわからなかったが、それが気になった。

「ところで、順平。平日の午後五時少し前に顔を出すということは――」

「やだなあ、兄貴。いつものあれですよ。長距離で一日半、トラックに揺られっ放しだった代休のようなもんで、別にさぼってるわけじゃないですよ」

膨(ふく)れっ面で答えた。

「それならいいが」

といったところで、扉のほうから声がかかった。

「これはこれは、お姫様から王子様まで、みなさんお揃いで。まことにもって恐悦至極」

芝居がかった言葉を口にしながら、カウンターの前にやってきたのは島木だ。

珈琲屋の近くで『アルル』という洋品店をやっている島木は冬子同様、行介とは幼馴染みの間柄だった。八年の刑期を終えて行介が出所してきたとき、何の偏見もなくこれまで通りの態度で迎え入れてくれたのは、この二人だけだった。

「ところで順平君。昼日中からこんな店で油を売っているとは。君はちゃんと汗水流して働いているのかね」

軽口を飛ばしながら、島木は順平の隣にどっかと座りこむ。

「商店街きってのプレイボーイといわれる島木さんよりは、ちゃんと汗水流しているつもりです」

順平の言葉に島木は「ふむっ」と唸り声をあげ、

「それはそれとして行さん、大事件だ」

いってから、ちらっと冬子を眺める。

「島木君が大事件だと大騒ぎするってことは、また、女性絡みの話っていうことになるわよね」

辛辣な冬子の言葉に、

「それはまあ、何というか」

言葉を濁すものの、順平もいっていたように島木がこの界隈ではプレイボーイで通っているのは事実だった。

「なら、お前にとっては大事件でも、俺には関わりのないことになるな」

首を振りながら行介はいう。

「ところが、そうともいえない事情もあってな」

島木の思わせぶりな言葉に、

「何それ、どういうことなの」

すぐに冬子が食いついてきた。

「例の、『伊呂波』が再開した」

鬼の首を取ったように島木は胸を張った。

「伊呂波って、じゃあ、あの木綿子さんが——あっ、そんなはずないか」

首を傾げる冬子に、

「もちろん、木綿子さんじゃない。おでん屋であることに変りはないんだが、始めたのは別の女性だ」

島木は念を押すようにいう。

木綿子とは、以前『伊呂波』という閉店同然の寂れきったおでん屋を引きつぎ、大繁盛をさせた女性で、行介たちとも縁が深かった。

度重なる夫のＤＶからこの町に逃げてきた女性だったが、結局探しあてられ、夫は刃物を手にして木綿子に襲いかかった。そして、それを阻止したのが冬子だった。刃先は身を挺して木綿子をかばった冬子の胸に突き刺さって……。

「木綿子さんはまだ、服役中なのよね」

ぽつんと口にする冬子に、

「そうだな、この町に逃げてくる前に木綿子さんは思いあまって、眠っていた夫を刺しているから……」

低すぎるほどの声を行介が出し、周りは一瞬静けさにつつまれた。

「に、してもだ」

島木が静けさを破った。

「あの因縁深い店が再開したというのは、実に興味深いことだと俺は思うが。しかも――」

島木はまた冬子をちらっと見て、

「その女将というのが、木綿子さんに負けず劣らずの美形というから、これも実に因縁深いというか興味深いというか」

大きくうなずいた。

「それだけ詳しいということは、お前はもう行ってきたんだな」

「いや、これはみんな町の噂で、俺はまだ行ってはいない。というより、行くならあの事件の大いなる関係者である行さんも一緒に行くべきだと——まあこれは、俺の親心のようなもんだ」

島木はまた冬子の顔色を窺う。

「そういわれてもな。確かに因縁深い店ではあるが、いるのは木綿子さんではなく他の女性ということになるとな」

行介が辞退の言葉を口にすると、

「行ってきたら」

声をあげたのは冬子だった。

「いいのか——」

行介は驚いて冬子を見た。

「いいわよ。私は別に行ちゃんの奥さんでも彼女でも何でもないから、止める権利はどこにもないし」

ちくりと針を刺すようなことを口にしてからすぐに、

「ごめん、いいすぎた」

冬子はちょっと肩を竦めた。

「本当のことをいえば、行ったほうがいいような気がするのも確か。何たって、あの木綿子さんがいた店だもの。ひょっとしたらまた、ワケアリの女性が女将になっているかもしれないしね」

一気にいって冬子は小さな吐息をもらした。

「偉い。さすがに冬ちゃん、人間ができている。頭が下がる」

島木が賞賛の声をあげた。

「ちっとも偉くはないわよ。私はみんなも知っているように臍曲り(へそ)の女。だからこうして、いまだに独り身」

ちらっと行介に目をやってから、

「じゃあ、どんな人が店をやっているのか、あとでまた教えてね、島木君。そろそろお客さんがやってくるころだから、私はもう帰るね」

冬子はそういって立ちあがり、店を出ていった。

「よかったな、行さん。冬ちゃんから、ちゃんとしたお墨つきをもらって。じゃあ、今夜あたり顔を出してみるか」

上機嫌でいう島木に、

「それは構わないが」

と行介は順平に目をやる。

あの顔だ。

暗い眼差しで宙をぼんやりと見つめ、身動ぎ(みじろ)もしない。

「どうした、順平」

できる限り優しく声をかけてやる。

「えっ、何ですか。どうしたって、よく意味がわからないんですけど」

いつもの、剽軽な表情を行介に向けた。

「怖い顔をして、何か考えているようだったから、それでな」

「あっ、俺、そんな顔してましたか。じゃあ、きっとあれですよ」

曖昧（あいまい）な言葉を並べたてる順平に、

「あれっていうのは、何だ」

詰問口調で行介はいう。

「あれは、その」

順平はほんの少し言葉を濁してから、

「さっきの話で、女の人が刺したとか刺されたとか、そんな話を聞いたから、つい体のほうが固まってしまって、こう見えても俺、けっこうビビリですから」

おどけたような調子でいって、順平はへらっと笑った。

その夜の九時頃——。

行介は島木に連れられて商店街の裏通りに足を向けた。

「何だか、えらく懐しいなあ、行さん」

「そうだな、伊呂波では随分といろんなことがあったからな――ところで、そんな美人の女将なら店は混んでいるように思えるんだが、そこんところは大丈夫なのか」

心配していたことを訊くと、

「大丈夫だ。あれから店に電話を入れて、何とか予約はとった。二人分の席は確保されているはずだ」

ちょっと得意げに島木は答える。

「ほうっ。さすがに世間擦れした人間は、抜け目がないな」

感心して行介がいうと、

「世間擦れじゃなくて、世間慣れといってほしいよな」

ぶすっとした口調で島木はいい、二人はゆっくりした足取りで伊呂波に向かう。

店の扉を開けると、カウンター席だけの店内は男の客でうまっていた。みんな、女将が目当てのように思える。

「いらっしゃいませ」

と澄んだ声が耳を打つ。

「予約を入れた、島木というものですが」

大声をあげる島木に「はい、ただいま」という声が聞こえ、カウンターの端に女将がやってきた。

「いらっしゃいませ。島木さんは、ここは初めてということで」

女将は今時珍しい、真白な割烹着をつけていた。年のころは三十前後で、体は細身。肌が抜けるように白くて……。

「え、ええ、初めてです。ですから、これからはちょくちょく」

島木の声が上ずっていた。

女将は文句なしに美人だった。

きりっとした二重の大きな目に、通った鼻筋の下には、やや厚めの唇。柔らかな顎の線が美人特有の冷たさを抑えて、全体的に可愛らしくも見える。

「すみません、この通りの有様で……狭いところで申しわけありませんが、そちらのカウンターの端へ」

恐縮した様子でいう女将に、

「大丈夫です。こっちが無理をいって、入れてもらったんですから」

と島木はいって、軽く笑顔を見せる。

「ありがとうございます。それで、ご注文はいかがしますか」

「おでんは見つくろってもらえれば。酒は、瓶ビールをください」

よく見ると、島木は直立不動の形で立っている。

「はあい、わかりました」

柔らかな声を出して、女将は行介たちの前を離れていった。

カウンターだけの伊呂波には特等席と、そうでない席があった。

特等席はコの字形になったカウンターの一番奥の端っこで、ここはいくら客が立てこんできても詰めたりする必要はない。おまけに酒の燗をつける容器がすぐ前に置いてあり、注文のたびに燗をつけに女将がやってくるので、自然と話をする機会も多くなる。

逆に同じカウンターの端っこでも、戸を開けてすぐの席では目の前に何か特別なものがあるでもなく、おでんか酒を注文しない限り女将は寄ってもこない。島木と行介が指定された席は、まさにそこだった。

行介と島木は何とか、その最悪の席に体を突っこむようにして座るが、妙なことに島木の機嫌は悪くない。

「行さん……」

と島木が低い声をあげる。

「どこからどう見ても、美人だよな。文句のつけようがないよな」

「そうだな、確かに美人に間違いはない」

行介も相槌を打つようにいう。

「へたしたら――」

そこで島木はちょっといい淀んでから、

「冬子より上かもしれんな」

ぼそっといった。

「さあそれは、俺には何ともいえないが……」

行介のなかでは女性の代表は冬子。それ以外に考えられなかった。

「こうなったら毎晩通いつめて、予約席をカウンターの一番奥にしてもらわないとな。頼むぞ、行さん」

背中をどんと島木が叩いた。

そのすぐあと、女将がおでんとビールを持ってきた。

「理央子（りおこ）と申します。今後ともご贔屓（ひいき）のほど、よろしくお願いいたします」

そっと頭を下げた。

「あっ、私はアルルと……」

島木がこういいかけたとき、客のひとりが「すみませーん」と叫ぶような声をあげた。

理央子は軽く頭を下げて、二人の前からカウンターの端のほうに行った。

「くそっ。敵はかなり多いな。こうなったら、よほど褌（ふんどし）を締めてかからないと、落ちこぼれになってしまうな」

島木は独り言のようにいい、

「今夜は看板までねばるからな。行さんもできる限り沢山のおでんを食べて、できる限り沢山の酒を飲んで——そうすりゃ、理央子さんを何度もここに呼べるからな」

宣戦布告をするように息まいた。

このあと何度もビールとおでんのお代りをして理央子にこの最悪の席にまできてもらったものの、客の理央子を呼ぶ声がやまず、島木の機嫌が段々と悪くなっていくのがわかった。

この島木という男——他のことでならどんなに邪険に扱われようと意にも介さず、泰然自若としているのだが、事が女性絡みとなるとがらっと人が変って子供のように我儘（わがまま）になるという性格の持主でもある。

それでも閉店時間に近い十時半をこえると客の数も少なくなり、ようやく店のなかも落ちついてきた。

あと残っている客は三人だ。ここぞとばかりに島木は、おでんのお代りを注文しようと理央子を呼ぶ。

「すみませんね、お客さん。ろくにお構いもできなくて」

いいながら理央子は初めて島木と行介のコップにビールのお酌をした。

「これはこれは、恐れ入ります——しかし、あなたは美人ですなあ。正直なところ、私はあなたのような美しい人は、今まで見たことがありません。まさに眼福の極み。嬉しいですなあ」

しゃあしゃあと、それでも心をこめながら島木はいうが、理央子には何の反応もない。ただ、ほんの少し笑みを見せただけだった。おそらくこの手の誉め言葉は、これまでさんざん聞かされているのだろう。

「私は商店街で、アルルという洋品店をやっている島木といいます。こっちのごつい男は宗田行介といって、小さな珈琲屋の主です」

そのとき、理央子の表情に変化がおきた。

「あなたが、宗田行介さん……」

掠(かす)れた声でいった。

目を見開いている。

「行さんのことを知っているんですか」

驚いた声をあげる島木に、

「ええっ、はい。宗田さんはある意味、有名人というか……何といったらいいのか」

こんなことを理央子はいった。

「なるほど、いいも悪いも、こいつは有名人には違いありませんから」

島木が納得したような言葉をあげるのを無視して、

「あらためまして、私、江島理央子と申します。今後ともよろしくお願いいたします」

と行介に向かって深々と頭を下げた。

「あっ、いや。俺は宗田行介——何はともあれ、よろしくお願いします」

行介も理央子に向かって頭を下げる。

「すみません。初日だというのにこんなお席にご案内して。この次はもっといいお席をご用意しますので、宗田さんとご一緒に、ぜひいらしてください」

理央子は島木のほうにも頭を下げるが、その言葉のなかからは島木という名前はすっかり抜け落ちている。

「あの、宗田さんは、お一人でコーヒー屋さんを」

小首を傾げる理央子に、

「はい。小さな店で、一人で細々とやっています」

素直に行介は答える。

「まあ、私もたった一人でこの店を……」

といったところで、残った客の一人が「女将」と大声を出して理央子を呼んだ。どうやらこちらの長話に、業を煮やした様子だ。

十一時の閉店時間になり、残った客たちは勘定を払って外に出る。

島木が代金を払っているとき、

「今度、私も宗田さんのお店に行ってもいいですか」

ぱっと笑って理央子はこんなことをいった。

花が咲いたような笑顔だった。

島木が怪訝な表情で行介の顔を見た。

「行介さんの淹れるコーヒーは、とてもおいしいって評判のようですから」

呼び方が宗田さんから、行介さんに変っていた。

「それは、いつでもどうぞ。どうせ、はやらない店ですから」

とまどいぎみの面持ちでいう行介に、

「まあ、嬉しい」

理央子は両手をちょんと叩いて、少女のように体を踊らせた。

何がどうなっているのか、まったくわからなかった。それは島木も同然のようで、呆けたような顔で、理央子と行介の顔をぽかんと見ていた。

「じゃあ、おやすみなさい。お気をつけて」

理央子は二人に頭を下げてから、ふっと顔をあげて行介の顔を凝視した。

どきりとした。

艶っぽさではなかった。

暗かった。順平の暗い眼差しに似ているような気がした。

夕方の四時過ぎ。

カウンターに身を乗り出すようにして喋っているのは島木だ。

「要するにだ、一緒にきて隣に座って、飲んで食べてさえいてくれればそれでいいんだから、簡単なことじゃないか」

「それは、そうなんだろうが」

行介がくぐもった声を出すと、

「何か行くとまずいことでもあるのか。ひょっとして、理央子さんと知り合いだったってことはないだろうな」

疑わしそうな目つきで、じっと見た。

「そんなことはないさ。俺があの人と会ったのはこのあいだが初めてで、その前に顔見知りだったことなどは断じてない」

強い口調で行介はいいきる。

「それにしては最初に伊呂波に行ったときも、妙にお前のことを気にしていたようだったし……どうにも俺には腑に落ちん」

「あれは、俺がここいらでは悪目立ちをしているせいで――そのことはあの人も、はっきり指摘していたじゃないか。そういうことだと、俺は思うが」

やんわりといなす行介に、

「本当にそれだけだと思うか……俺には何か、他にも理由があるような気がしてならないんだけどよ」

自分にいい聞かせるように、島木はいった。

「お前の思い過ごしだ。女好きが昂じると、そうやって何事に対しても疑心暗鬼になるんだ。本当にお前の女好きは、並大抵じゃないからな」

行介がさりげなく話題を変えると、

「俺のは女好きじゃなくて、女性に優しすぎるがための結果だ。そのへんの妙な輩と一緒にされては困る」

島木は頬を膨らませ、わしづかみにするようにカップを持つと冷めきったコーヒーを一気に飲んだ。

「とにかく――お前が一緒に行けば、事の真相がはっきりすることは確かだ。そうでなければ、昨日のあの仕打ちに対する、俺のモヤモヤが解消しない」

また話を、ぶり返してきた。

昨夜のことだという。

島木は伊呂波に電話を入れて、まず予約をとった。そのとき理央子は「何人さんですか」と訊いてきて、島木は「一人です」と答え、その夜の席の確保はできた。

島木の頭には行介と訪れたときに理央子がいった「――この次はもっといいお席をご用意しますので」という言葉がしっかり刻みこまれ、期待に胸を膨らませて伊呂波に出かけてみると――。

先日行介と一緒に詰めこまれた入口脇の最悪の席だった。こんなはずではないと、そのまま立ちつくしていると、

「すみません。やっぱり、いいお席の予約はなかなか難しくて。この次にはきっと、ですから今夜は」

理央子は両手を合せて頭を下げてきた。

こうまでされれば仕方がない。

「いやいや、もちろんここでけっこうです。たとえ遠くからでも理央子さんのお美しい顔が拝見できれば、私は本望です」

気持を切り換え、いかにも鷹揚（おうよう）といった素振りで大きくうなずいて笑ってみせた。ほんの少し皮肉は交えたものの、こういうときの島木の変り身の早さは天下一品だった。

そのあとの経過は初回のときと大体同じだったが、最悪の席に一人ではなかなか間がもたず、早々に退散してきたという。

だから島木は行介を誘っているのだ。

行介と二人だと、どれぐらい厚遇されるのか。その度合によって理央子の本音を探り、

この先の策を考えようという魂胆に違いない。

「なあ、行さん……」

やけに真面目な声を島木が出した。

「お前さんだって、理央子さんの本音を知っておいたほうがいいんじゃないか。もしあれがお前さんに対する理央子さんの一目惚れだったとしたら、この先は顔を出さないほうが冬ちゃんのためにもいいだろうし」

極端なことを島木がいった。

店を出るときに見せた理央子の暗い顔、あれはそういった類いのものでは……しかし気になることも確かだった。といって、理央子と接触すれば何か面倒なことがおきるのではないか。そんな予感めいたものがあるのも行介の正直な気持だった。

あれこれ考えを巡らしていると、島木の後ろから声がかかった。

「誰が誰に、一目惚れなの」

冬子だった。

両手を腰にあてて、仁王立ちの格好で行介を見ていた。

いつきたのか、行介の耳には出入口の扉の上にある鈴の音は、まったく聞こえなかった。そろそろ新しいものに換えたほうがいいのかなどと、ぼんやり考えていると、

「私、いつものやつ」

島木の隣に座りこんだ冬子が声をあげた。

行介はすぐにコーヒーサイフォンをセットするが、何となく嫌な空気が流れているような。

「島木君はやっぱり、伊呂波の美人女将の下に入りびたりのようね」

何でもない口調で冬子はいうが、表情は硬く、柔らかさはまったく見られない。

「いや、最初に行さんと行ってからは一度行ったきりだ」

弁解するように島木は声をあげるが、いっていることは事実だ。ただそこに、不純なものがかなり混じってはいるが。

「で、島木君の考えでは美人女将の理央子さんていう人は、ひょっとしたら行ちゃんに一目惚れしているかもしれない。そういうことになるわけね」

どうやら冬子は島木とのやりとりを、かなり前から聞いていたようだ。

「それは、何といったらいいのか」

島木はオロオロした声をあげてから、

「行さん、俺にもお代りのコーヒーを」

助けを求めるようにいった。

「わかってる。俺の分も含めて、三人分淹れているから」

普段の口調で行介は答える。

誰も何もいわず、しんとした静かすぎる時間だけが流れていく。

「ところで冬ちゃんのところは、景気はどんなもんなんだ」

静かさに耐えきれなくなったのか、島木が声を出した。

「島木君のところと、一緒」

冬子が短く答えた。

「ああ、そうだろうな。どこもかしこも不景気で困ったもんだな。いったい政府は何をやっているのか……」

島木のその声にかぶせるように、

「伊呂波だけは、大はやりのようね」

ぽつんと冬子がいって、島木はそのまま黙りこんだ。

「熱いから気をつけてな、冬子」

そんな空気を追いやるように行介は穏やかにいって、カウンターに二人分のコーヒーを並べる。自分の分は調理台の上だ。

そろそろとカップを取りあげ、冬子はふうふういいながら、少しずつコーヒーを口にする。

「熱いって、いいね」

こくんと飲みこんでから、満足そうな声を出した。柔らかな声だった。この一言で島

木も緊張がほぐれたのか、

「そう、熱いのはいい。大体、食べ物や飲み物がうまいのは熱いか冷たいか、そのどちらかだと相場は決まっていて――」

周りを煙に巻くような、島木一流の蘊蓄(うんちく)の押し売りが始まった。ちらちらと隣の冬子の様子を窺いながらではあったが……。

「島木、ご高説はいいけど、ほどほどにな」

と行介がいって、島木はようやく話を終える。

「何だかんだといっても、島木君はやっぱり優しいみたいね」

冬子はかすかに笑みを浮べてから、

「行ってきたら」

優しい声でいった。

最初、行介には何のことなのかわからなかったが、少ししてそれが伊呂波のことであるのに気がついた。そして、前回も冬子が同じ言葉を口にしたことにも。

「行ってこなければ、わからないでしょ、理央子さんの本心は。私は別に行ちゃんの奥さんでも彼女でも何でもないし」

さらっというが、これも前回と同じような言葉だ。

「じゃあ、行くか行さん、今夜あたり。俺には連日ということになるけど、そこは誠意の表れということで」

　機嫌よく島木が口を開いた。

「まあ、俺にも確かめたいことがあるから、行くのはいいんだが」

　はっきりという行介に、

「確かめたいことって、何」

　冬子が声をあげた。島木の体がびくっと震えた。

「島木がいうような、一目惚れということはまずない。ただあの人が俺に関心を持っていることは確かだと思う。それがいったい何に起因してるのか――といっても、大体俺に関心を持つ人間は心の奥に闇を抱えているものと相場はきまっている。そこのところが妙に気になってな」

　一語一語を確認するように、行介は声を出した。

「そう、行ちゃんに関心があるのは確かなんだ――だったらその理由を確かめてきて。たとえ色恋は関係なくても、他の女性が行ちゃんに関心を持つのは嫌だから。何だか自分のものに別の色がつくような気がして。変かもしれないけど、それが私の今の気持だから」

　冬子はうつむきながら、一度も行介の顔を見ないでそういった。抑揚のない声だった。

「だから──」

冬子が、顔をあげた。

悲しげな顔だった。

「行ってきて」

細い声で口にした。

「じゃあ俺は、伊呂波に電話して、今夜の予約をとってくるから」

島木はいうなり、ポケットからケータイを抜き出して席を立った。チリンという鈴の音がした。

カウンターを挟んで、行介と冬子は二人きりになった。

「行ちゃんも島木君同様、優しいから」

冬子はぷつんと言葉を切ってから、カップに残っていたコーヒーを喉を鳴らして一気に飲んだ。

「私以外の人には……」

いきなり、言葉をつけ足した。

「そんなことは冬子。そんなことは……」

慌てて言葉を出す行介の胸は騒めいていた。息が苦しくなった。

「冗談よ、冗談。行ちゃんは誰にでも優しい。もちろん、私にも優しい。優しさの種類がちょっと違うような気もするけどね」

ふわっと笑った。

可愛かった。

「私、もう帰るね。何だか今日の私、ちょっと変だから。それから、自分で淹れたそのコーヒー、飲んだら。まだ一度も口つけてないわよ」

冬子はゆっくりと立ちあがり、

「殿、ご武運を――」

行介に向かって軍隊式の敬礼をして、店を出ていった。

入れ違いに島木がやってきて、

「ちゃんと九時過ぎということで予約をとったからな。今夜は二人だとはっきりいって」

嬉しそうな顔でいい、両手の拳を握りしめた。

その夜――。

島木と行介が伊呂波の戸を開けると、やはり店内は満員状態で、熱気が二人の顔をいきなりつつみこんだ。

「いらっしゃい、島木さん、行介さん」

理央子が愛想のいい声をあげた。

「どうぞ、こちらの席へ」

と理央子が差し示したのは、カウンターの一番奥の席。つまり特等席だった。

「おい行さん、今夜はビップ待遇だ。やっぱり、お前さんの力は絶大のようだぞ」

軽口を飛ばす島木と一緒に指定された席に座ると、カウンターに座っていた男たちがちらりと非難じみた目を向けるのがわかった。

オシボリを差し出す理央子に島木が瓶ビールと適当におでんを注文する。

すぐにおでんとビールが運ばれてきて、理央子は行介と島木のコップにお酌をした。

「いやあ、これは恐縮ですなあ。今夜は最初から酌をしてもらえるとは。勿体(もったい)ないというか有難いというか。本当に生きていてよかったと私は思います」

大げさな言葉を島木は並べたてるが、ほんの少しだが皮肉も混じっている。

「何といっても、私は行介さんのファンですから、お酌ぐらいさせてもらうのは当り前のことです」

ファンという言葉を理央子は使った。

微妙な言葉ではあったが、その一言で周りの男たちの体から力が抜けるのを行介は感じた。どうやら、聞き耳を立てていたらしい。

それからも理央子は行介と島木の前にやってきて、酒やおでんのお代りなどの世話を焼いたが、さすがにじっくりと話をする時間はなかった。

「これだけ至れり尽くせりだと嬉しい限りだが、やっぱり気分のほうは絶好調とはいえん部分があるな」

理央子の立ち働く姿を見て、島木がちょっと悲しげにいった。

「それは、わかる気もするが」

主人公は行介で、島木はつけ足しなのだ。これではいくら理央子が世話をしてくれたとしても、島木の気分が盛りあがらないのも当然のことといえた。

「だがまあ、仕方がない。あとは、あの理央子さんの口にしたファンという言葉の意味だ。額面通りに受けとめていいのか、それとも他に何か含むものがあるのか。それをとにかくはっきりさせないとな」

島木がいって、ビールを呷った。やけ酒のようにも見えた。

そして看板の時間が近づき、十一時を過ぎようとするころには、行介と島木の二人だけになった。

「今夜は行介さんをお連れいただいて、本当にありがとうございました。この通り、お礼をいいます、島木さん」

二人の前にやってきた理央子は、島木に向かって丁寧に頭を下げた。

「いやいや、そんなことは。私は理央子さんのお役に立ったということで、感無量の思いです」

島木は笑みを浮べて顔の前で手を振り、

「しかし、ほんのちょっと。ほんのちょっとですが悲しい思いも——」

大げさに悲しい顔をしてみせた。

どうやら島木は、つけ足しの不満を理央子にぶつけるつもりらしい。

「おい、島木。あんまり失礼なことは」

慌てて行介が袖を引っ張ると、

「いや、ひとつだけいえば、胸のつかえがおりるから」

島木はやんわりといい、

「私一人のときは戸口の横の最悪の席で、この男を連れてきたとたん、この特等席——子供のようではありますが、そこのところが私にはちょっと」

一気にいって大きな溜息をもらした。

「お気を悪くされたら謝ります。でも、それにはちょっとした理由が」

神妙な声を出して、理央子は島木の顔を真直ぐ見た。

「正直にいって、この席は行介さんだからこそ許されるんです」

妙なことを理央子はいった。

「もしこの席に予約だといって島木さんだけが座ったら、多分、他のお客さんから文句が出て、まかり間違えば諍いになるということも考えられます。でも、失礼ながら、この町に深い因縁のある行介さんなら、この町を救った行介さんなら渋々ながらも納得ということに――」

理央子の言葉が終らないうちに、ぽんと島木が膝を叩いた。

「なるほど。そういうことでしたか。まったく私は浅薄(せんぱく)そのものの粗忽者(そこつもの)で、そこまで気が回りませんで失礼をいたしました。いや、まったく面目次第もないというか、この通りです」

はしゃいだ声でいって頭を下げた。どうやらこれで島木も納得したようだが、行介の気持は複雑だ。周りの様子を見ていて、あるいはとは思ったものの、それが現実となると――やはり自分は埒外(らちがい)の者。事実ではあるけれど、ふっと悲しみが胸をよぎった。

「それじゃあ、ファンというのは――」

ここぞとばかりに、島木は声をあげる。

「不謹慎かもしれませんが、あれも事実です。微妙ないい回しですけど、私はかなり正義感の強い性格のようらしくて、それで……単純なのかもしれませんけど」

語尾は濁したが、理央子は正義感という言葉を口にした。

他人が自分をどう見ているかはわからないが、行介自身はあの行いを正義だとは決して感じてはいない。あれは究極の悪だった。絶対にしてはいけないことだった。

行介はそっと膝の上の手を見た。

右の掌だ。醜く引きつれて、ケロイド状になった手だった。これが自分の姿そのものだった。体の芯から突きあげてくる、心の叫び。辛かった。唯一の贖罪の手段だった。

そんな行介の様子に気がついたのか、

「どうかしましたか、行介さん」

理央子はカウンターごしに身を乗り出してきて、それを見た。

瞬間、声にならない悲鳴をあげた。

「それは、いったい。どうしたんですか……」

「これは――」

絶句した。

しかしいわなければ。正義という言葉を口にした理央子には絶対にいわなければ。そうしないと……。

「俺の心です。醜く歪(ゆが)んだ俺の心です。俺は自分の犯した罪に恐れおののき、その心を何とか鎮めるために、アルコールランプの火で、この罪を犯した手を――」

ようやくいえた。

心の奥底が軋(きし)んで痛かった。

軽い目眩(めまい)を感じた。

「行介さん」

理央子の声が聞こえた。

「その手を、ここに出してください」

優しすぎるほどの声だった。

つられるように、おずおずと行介は右手をカウンターの上に出した。理央子の目が凝視するように、その手を見た。身動ぎもしないで見つづけた。そして——。

理央子の両手が伸び、行介の右手をそっと握った。

優しくつつみこんだ。

どれほどの時間が過ぎたのか。

奇妙なことに、行介は打ちひしがれていた自分の心が穏やかになっていくのを感じた。心の昂(たかぶ)りが落ちついていくのがわかった。

癒(いや)された。

理央子の手に。

ふと顔をあげると、理央子が行介を見ていた。そして、理央子の目からは涙が流れていた。理央子は行介の右手をつつみこみながら、泣いていた。

ああっ、と思った瞬間、今度は何かを行介の右手が感じた。これは悲しみだ。それも途方もなく大きな悲しみ……この人は何か深くて暗い闇を背負っている。そう思った。

理央子の心が泣き声をあげていた。

「おい、大丈夫か、二人とも」

そのとき声が響いた。

これは島木の声だ。

ようやく正常な時が動き出した。

「あっ、すみません。出すぎたことをしてしまいました」

理央子は慌てて握っていた行介の手を離し、割烹着の袖で涙をふいた。

「いえ、こちらこそ。柄にもなく取り乱してしまって申しわけありません」

行介は素直に頭を下げた。

以前、この同じ伊呂波の店内で——殺人を犯そうとしていた男の背中を、この右手で優しくなでて、それを押し止めたことがあったが、自分のほうが癒されたのは初めてだった。

「何があったんだ、行さん」

島木の不思議そうな声に、

「理央子さんの手のおかげで、軋んでいた俺の心が癒された。昂っていた俺の心が落ちついた」

正直に胸の内を伝えた。

「そうだな。確かにお前さんの心は昂っていた。俺は行さんの、あんな姿を見たのは初めてだ。しかし、その心を、理央子さんの手が癒してくれたというのか……しかし、それはなぜなんだ」

いうなり島木は理央子の顔を見た。

「私にもわかりません。私はただ行介さんの右手を見ていたら、ふいに悲しみがこみあげてきて、それで無我夢中のまま……」

理央子も困惑の表情だ。

「そして、理由はわからないが、行さんの心の痛みは収まったというわけか」

独り言のようにいう島木に、

「収まったのはいいが、そのあと、今度は俺の手に悲しみのようなものが伝わってきた。それも途方もなく大きな悲しみだ。これは多分、理央子さんの心の叫びのような。そんな気がしたのは確かだ」

行介の言葉に理央子の顔色が変った。

「心当たりがあるようですね」

ぼそっと行介がいうと、

「はい。でも今は何もいえません。そのときがくるまで、誰にも何も話すことはできません。誰にも……」

低すぎるほどの声で理央子はいった。

「そのときとは」

「それも、わかりません」

行介の問いに理央子は短く答えた。これ以上は何を訊かれても話さない。そんな頑な様子がはっきり窺えた。

「よしっ」

ぎこちない空気を追いやるためか、島木が大きな声をあげた。

「いろいろわからないことだらけではあるが、何はともあれ一件落着ということで、今夜はもう看板も過ぎたし、これでお開きにしよう」

大人の分別で、この場を収めた。

勘定を払って外に出ようとしたとき、

「行介さん、島木さん、またこの店にきてくれますよね」

理央子が念を押すようにいった。

島木が嬉しそうにうなずいたあと、

「きます」

と行介は、はっきり答えた。

こないわけにはいかなかった。

理央子の、あの途方もない闇のようなものを何とかしてやりたかった。できるかどうかは、見当もつかなかったが。

「おい、冬ちゃんにはどう話すんだ。随分妙な展開になったが」

夜道を歩きながら、隣の島木が心配そうな口ぶりでいった。

「妙だろうが何だろうが、あったことは正直に話すつもりだ」

行介の簡単明瞭な言葉に、

「そうだな。それが筋だな」

納得したように島木はいった。


「何それ、どういうこと。色恋沙汰ではないにしても、手を握り合ったってどういうことなの」

結果を確かめにきた冬子は、昨日の理央子との一部始終を聞いたあと、こんな言葉を口にした。

「だから、自然の成り行きでそうなっただけで、男と女がどうとかという話じゃないんだ、冬ちゃん」

島木だった。

二人のやりとりが心配だということで、島木は三時頃から珈琲屋のカウンターに座って冬子が来るのを待っていた。

「男と女の話じゃなくても、何となくムカつく。多分私は今、嫌な女になってるんだろうけど、心がそういってるんだからどうしようもない」

冬子はカウンターに手を伸ばしてカップをつかみ、冷めたコーヒーを乱暴に口のなかに流しこんだ。

「それはわかるけど、冬ちゃん。ここはやっぱり大人になって」

「大人だからムカついてる。子供だったらムカつかない」

島木の言葉に、冬子は反論する。冬子のこんな反抗的な態度は珍しかった。

「なあ冬子。相手はワケアリの女性なんだ。それも途方もなく大きな闇を抱えているような。だから大目に見てやってくれないか。この通り頭を下げるから」

行介が頭を下げると、

「行ちゃんは、その女のために私に頭を下げるっていうの。それも嫌なかんじで、許せない」

冬子の機嫌の悪さはそれから一時間近くつづいたが、

「そろそろ許してやるか。でも諸手をあげてというわけじゃないから、そこんところをちゃんと覚えておいてよ」

そういって、行介に新しいコーヒーを頼んだ。

「すまないな。いずれにしても、俺のこの手に関心を抱くものは、心に何らかの闇を抱えている者にきまってる。要は、この手が問題なんだから」

心から詫びるようにいう行介に、

「それで行ちゃんは、その闇にどう対処するつもりなの」

怒りは収まったのか、冬子の口調は普段のものに戻っていた。

「わからない。何も話してくれないんだから、正直いって対処のしようがない。あとは何か、向こうが動くのを待つだけだ」

首を振りながら行介はいう。

「本当に理央子さんて人は、動くの」

怪訝な表情を見せる冬子に、

「動く。理由はまったくわからないが、あの人はそのために、この町にやってきたような気がする」

行介は淡々という。

「そのためにって——ということは理央子さんはこの町で何かをやらかす。そういうことなのか」

素頓狂（すっとんきょう）な声で、島木が反応した。

「俺にはそんな気がする。近いうちに、何らかの動きをするような気が」

「随分、あやふやな話だけど、いったい」

と冬子がいったところで、扉の上の鈴がちりんと鳴った。

入ってきたのは順平だ。

「こんにちは、またきました」

明るい声を張りあげて、順平は島木の隣の席に座りこみ「ブレンド、お願いします」

とカウンターのなかの行介にいった。

すぐに冬子と島木、それに順平の分のコーヒーがカウンターに並ぶ。

「えっ、いくら何でも早すぎじゃないですか、兄貴」

びっくりしたような顔をする順平に、

「ちょうど今、三人で飲もうと思ってサイフォンにセットしてあったんだ」

柔らかな声で行介はいう。

「あっ、そういう種明しですか。それじゃあ、お言葉に甘えて」

順平はすぐにカップを取りあげ、まず香りを味わってから、そろっとコーヒーを口に
含んだ。少しの間もごもごやっていたが、やがてごくりと喉の奥に流しこむ。

「うまいです」

きっぱりといってから、

「いつもと空気が違うようですけど、何か深刻な話でもしてたんですか」

体を乗り出して島木と冬子の顔を見る。

「ああ、ちょっとな」

簡単に行介が答えると、

「じゃあ俺も、思いきって深刻な話をしようかな。今まで気にはなってたんだけど、訊きそびれていましたから」

行介の胸がざわっと音を立てた。

嫌な予感がした。

「兄貴の、その右手。ムショにいたときは、そんなふうじゃなかったですよね。ということはシャバに出てきてから……それって多分、自分で焼いたんですよね。あの件が原因で」

凝視するように、行介の右手を見た。

「そうだ。あの件の贖罪のため、俺が自分でアルコールランプで焼いた」

低すぎるほどの声でいった。

「あの件って、あれですよね」

順平も低い声を出し、そのままぎゅっと口を引き結んだ。

「なかなか今まで、いい出せませんでしたけど――」

ちょっと言葉を切ってから、

「人を殺すって、どういう気持ですか」

はっきりした口調でいった。

ここにも問題児が一人いた。

「そんなことを訊いてどうする。誰か人でも殺すつもりか、順平」

押し殺した声を出した。

「実をいいますと、一人ぶっ殺してやりたいやつがいます。だから」

いつもの剽軽な順平は、そこにはいなかった。妙に据わった目で行介を見ていた。獣を連想させる強い光を持った目だった。

「順平。お前、何を考えてるんだ。本気でそんなことをいっているのか」

行介は順平を睨みつけた。

空気が、ぴんと張りつめた。

嫌な時間が流れた。

「やだなあ、兄貴。冗談ですよ、冗談。俺にそんなこと、できるわけないじゃないですか。今日、会社で嫌なことがあって、それでつい」

いってから順平はへらっと笑った。

いつもの剽軽顔だった。

「なら、いいが」

ほっとした思いで行介は口に出す。が、さっきの順平のあの目は……。
行介は、大きく息を吸いこんだ。

年の差婚

出勤の三十分前。

知佐子は洗面所の鏡をじっと見る。

丸顔のなかに二重の大きな目。

両頰も柔らかそうで、鼻も口も小さめだ。

少し尖った顎は爽やかさそのもの。

これなら、どこからどう見ても――。

「やっぱり、若く見える」

呟くようにいってから、知佐子は小さな溜息をもらした。

この若く見えるということが、知佐子のなかでは今、大問題になっていた。いったい
この難関を、どう切り抜けたらいいのか。ここ数日間、ずっとそのことを考えているが、
名案はまったく浮ばない。実のところ、頭を抱えていた。

「でも、多分これが、最後のチャンス……」

口に出して知佐子はいい、手早く化粧を始める。基本が薄化粧なので、時間はかからない。メリハリがついて綺麗にはなっても、厚化粧が年齢を高く見せるのを知佐子はよく知っている。

もともと童顔で、きめの細かい肌の知佐子に厚化粧は似合わない。単に悪目立ちがするだけで逆効果。それならいっそと、知佐子はずっと薄化粧で通していた。何にしても若く見られるのだからけっこうなことなのだが、今回に限っては……。

知佐子は住んでいるアパートから自転車で十分ほどの、ガソリンスタンドに勤めていた。といっても正社員ではなく、アルバイト。給料も安く、しばらくは近所のスーパーとかけもちで働いていたが、あるときこんなことを、ふと思った。

「どうせ、これからも独り身。あくせく働かなくても何とかなる」

知佐子はスーパーをやめ、ガソリンスタンド一本にした。

体がうんと楽になった。すると気も楽になり、のびのびと毎日を過せるようになった。

そのガソリンスタンドへ、一年ほど前から加山喜樹(かやまよしき)という男が給油のために時々くるようになった。

加山は小さなアパレル会社の営業をやっていて、年は四十二歳。一度結婚に失敗して、子供はおらず今は一人でアパート暮し……そんなことなどを冗談を交えて知佐子に語った。

そして今から四カ月ほど前。

突然、加山が車から降り、給油を終えた知佐子の前に立ち、

「西木知佐子さん」

とフルネームで呼び、

「今度、僕と一緒に、食事に行って、もらえませんか」

つまりながら加山はいった。

「えっ、あっ」

絶句する知佐子に、

「決して遊びなんかじゃありません。真面目で本気の誘いです。ですから、その、どういったらいいのか、ぜひ」

加山は思いきり頭を下げた。

知佐子の心は揺れ動いた。

若いころならともかく、この年になってこんな誘いを受けるとは。思いがけない展開に知佐子はとまどったが、口のほうが勝手に動いていた。

「あっ、はい。私でよければ」

「ありがとうございます」

加山は額が膝につくほど頭を下げ、慌ただしく会う日と時間をきめた。長居をすれば

断りの言葉が出るかもしれないとでも思ったのか、料金を払うと加山はすぐにその場から車を出した。

その車を呆然と見送りながら、

「まだ、あの癖が残っていた……」

胸の奥で知佐子は呟くようにいう。

知佐子は若いころから、男たちに人気があった。つきあった男も多くいて、そのうちの数人からはプロポーズされたこともあった。しかし、そのすべてを知佐子は断った。

理由は明瞭だった。

知佐子は面食いだった。

長身でなくても高学歴でなくても――とにかく知佐子は顔のいい男が好きだった。自分ながら子供っぽいとは思ったが、なかなかその性格は変らず、結局独り身のまま今に至っている。

ところがこの年になって、こんなことがおきるとは――加山はハンサムだった。

二重の目は切れ長で鼻筋がすっと通り、唇はやや厚かったが、両頬は男らしく引き締まっていた。今まで知佐子の前に現れたことのない男性だった。それが知佐子の口を勝手に開かせ、承諾の返事をさせた。胸が躍った。

そんなことを思い出しながら知佐子は外に出て、通勤用の自転車に跨る。

「帰りに『珈琲屋』に寄ってみよう」

知佐子はペダルに足をかけた。


加山との約束の日。

早番で上がり、待合せ場所の駅前広場に行くと、すでに加山はきていて、そわそわとした様子で時計を気にしていた。

「すみません、お待たせしてしまって」

笑いながら知佐子が声をかけると、

「あっ、きてくれた。よかった。強引な誘いだったので、ひょっとしたらきてくれないかと」

加山は大きな吐息をもらしていった。

本当に、ほっとした様子だった。

二人は連れ立って歩き、加山は知佐子を駅裏のこぢんまりとした、イタリアンレストランに連れていった。

「ここなら、あの、それほど高くないので」

頭を掻きながらいう加山に、知佐子は好感を持った。

簡単なコース料理を頼み、ワインはどうしますかと加山は訊いてきた。

「ワインのことはよくわかりませんし、私はビールのほうが好きなので」

知佐子がこう答えると、

「あっ、僕もワインのことは、まったくわかりません。何しろ小さな会社なので、給料もしれたもので。飲みに行くなら居酒屋、食事に行くなら、ファミレス——そんな生活をしていますから」

恥ずかしそうにいう加山の顔を見ながら、この人は正直で素直な性格なんだと知佐子は実感して嬉しくなった。

「私もファミレスや居酒屋のほうが好きです。そのほうが気楽ですし、第一、安いですから」

はしゃいだ声でいうと、

「じゃあ、次はファミレスか、居酒屋で食事を……」

恐る恐るといった様子で、加山は声をあげた。顔に緊張感があった。

心地いい幸福感が知佐子をつつんだ。

ほんの少し、返事をするのを延ばした。あともう少し、この幸福感を。

そう思ったとき、加山がごくりと唾を飲みこんだ。

「はい、ぜひ」

知佐子は顔中を笑みにして答えた。

加山の全身から、緊張感が抜けるのがわかった。

「ありがとう、ございます」

テーブルにくっつくほど頭を下げた。

楽しい食事だった。

出される料理のすべてが、おいしく感じられ、ビールのほどよい苦みが心地よさを誘った。何もかもが、満足だった。体中が喜んでいた。

「ところで加山さんはなぜ、私の名前を知ってたんですか」

給油中に加山から名前を訊かれたことはあったが、そのときは苗字だけを答えた。

「すみません。知佐子さんのいないときに、他の従業員の方にさりげなく訊いて。ですから、知佐子さんについての最小限度の情報は把握しているつもりです」

疑問は晴れた、が――。

「その、最小限度の情報というのは……」

気になったことを口にした。

「たとえば知佐子さんが、あのスタンドで働き出したのは十年ほど前。今まで一度も結婚したことはなく、商店街裏のアパートで一人暮し。そして」

加山はちょっと黙りこんでから、

「今現在、つきあってる男性はいない。ですから、アタックするなら今が……すみません、興信所のようなことをして。でも僕は、先日もいったように本気ですから」

ふうっと息をついだ。

「いえ、それぐらいのことなら、別段」

情報収集は加山の本気度の顕れ——そう考えれば腹も立たないし、不快感も湧かない。

それはいいとして、知佐子には加山に対してひとつ疑問があった。

「あの、私も加山さんのことで、ひとつ知りたいことがあるんですが」

真面目な顔を加山に向けた。

「加山さんは一度結婚に失敗したといってましたけど、差障りがなければその原因といいますか理由といいますか……」

語尾が掠(かす)れた。

立ち入った質問なのは、わかっていた。まだ、訊けるような立場ではないことも。

それでも加山は笑いながら、知佐子の疑問に率直に答えた。

「世間流にいえば、性格の不一致——具体的にいえば、別れた妻は性格が強(きつ)かったんです。何かにつけて僕を子供あつかいして、上から目線で指図をする。それが嫌になって、結局別れることになりました」

別れてから、すでに八年が過ぎているともいった。

「そうですか。奥さん強かったんですか。そうなると男の人は、やっぱり大変ですね。心の休まる場所がなくて」

同情するような言葉を出すと、

「怒ると四日も五日も、ろくに返事もしなくなってしまって、機嫌をとるのが大変というか情けなくなるというか」

当時を思い出したのか、加山はいい終えて長い溜息をもらした。

「それは、何といったらいいのか」

当たり障りのない言葉を口にする知佐子に、

「その点からいえば、知佐子さんは安心です。仕事は確実にこなしていますが、決してつんのめってはいないし、人への当たりは柔らかいし。それに」

加山はちょっと言葉を切って、

「何といっても、知佐子さんは可愛らしい」

恥ずかしそうに口にした。

「ああ、それは、ありがとうございます」

可愛い――今まで男たちから、よくいわれてきた言葉だった。どうやら若く見えるということは、可愛いという言葉と同義語らしい。まあ、それだけ知佐子が童顔であるということの証拠でもあるわけだが。

「要するに、私の顔は子供っぽい——そういうことなんですよ」

笑いながら素直に自分の顔を評すると、

「童顔で可愛らしい。けっこうじゃないですか。世の男たちは美人顔の女性より、可愛い顔の女性のほうが断然好きですから。いってみればそれは、知佐子さんの大切な財産のようなものですよ」

やけに真剣な表情でいい、

「そんな知佐子さんと二人なら、僕は……」

低すぎるほどの声を、加山は出した。

知佐子の胸が、どんと鳴った。

この人は、いずれ私に結婚を申しこんでくるのでは。そんな気がした。

いや、そんな気ではなく、確信だった。

こんな自分が加山と結婚……とっくに諦めていた言葉だった。それがここにきて、ふいに……知佐子の全身が幸せ色のベールにつつまれた。体が火照った。しかし、

「別れた妻は、三つ違いの姉さん女房でした。ですから、ことさら僕を子供あつかいして。その点知佐子さんなら、四十二歳の僕より年下ですから。きっとうまく……」

この言葉に知佐子の体が、一瞬にして冷えて縮こまった。

「あの、私の年のことも誰かに訊いたんですよね」

ようやくこれだけいえた。

「ええ、知佐子さんは、元気一杯のバリバリの四十歳だと」

大きく加山はうなずいた。

「元気一杯かどうかは、わかりませんけど、四十歳は四十歳です――」

いってから、コップに残っていたビールを知佐子は一気に飲みほした。こうでもしなければ間がもたなかった。

「ほら、元気一杯じゃないですか。飲みっぷりだけ見れば、知佐子さんはまだまだ三十代ですよ」

加山はこんな軽口を飛ばしてから、すっと背筋を伸ばして姿勢を正した。

「そんな知佐子さんに、お願いがあります。結婚を前提にして、どうか僕とおつきあいをしてください。お願いします」

そう一気にいって、思いきり頭を下げてきた。

どう答えていいか、わからなかった。

わからなかったが、また条件反射的に口が動いた。

「はい、私でよければ」

知佐子の本音だった。だが……。

大きな嘘を、知佐子はついていた。

知佐子の年は四十歳ではなかった。

本当は五十歳——。

もう初老だった。

知佐子はペダルをこぐ。

早番で仕事を終えた知佐子は、珈琲屋へ向かうために自転車をゆっくり走らせながら加山のことを考える。

イタリアンレストランに誘われて、年齢の件で落ちこんだ知佐子だったが、その後の加山の誘いは断らず、週に一度の割合いで逢っていた。知佐子は加山が好きだった。断れるはずがなかった。加山は生涯で初めて出逢った知佐子好みの男だった。

逢って食事をして別れる。ただそれだけの繰り返しだったが、知佐子は加山と一緒にいるというだけで充分に楽しかった。場所は一回目とは違って、居酒屋かファミレス。そのほうが落ちついたし、気も楽だった。加山に金銭の負担をかけたくない。そんな思いもあった。

そして先日、居酒屋を出たあと。

暗い路地で知佐子は初めて、加山に抱きしめられた。キスをされた。加山の唇が唇に触れた瞬間、目の奥が熱くなった。

「知佐子さんが大好きだ」

唇を合せたままいう加山の声に、涙が次から次へと溢れて頬を伝った。

「知佐子さんと結婚したい。一緒になりたい」

加山がこういったとき、それまで流れていた知佐子の涙が、ぴたりととまった。知佐子はゆっくりと唇を離して加山を見た。

「ひとつ、訊きたいことがあります」

胸が騒ついていた。

「加山さんは子供をつくらなかったの、それともできなかったの」

「欲しくなかったわけじゃなく、できなかったんです。もっとも、こうして知佐子さんに出逢えて、そのほうがよかったと今では思っていますけど」

加山は子供を欲しがっていた。

知佐子は目の前が真暗になった。

もし加山と結婚できたとしても、知佐子の年齢では子供を産むのは無理だった。生理がもうなかった。そして、それよりもまず、あの年齢の件。これを知佐子は加山に話していなかった。話せるわけがなかった。何もかもが絶望的だった。

「結婚の件は、すぐに返事をくれとはいいません。真剣に考えてみて、心がきまったら、その答えを教えてほしい……僕としてはもちろん、承諾の返事が聞けるのを楽しみにして待っていますけど」

加山はそういって、再び知佐子を強く抱きしめた。

自転車が商店街のなかに入った。

知佐子は自転車から降り、押しながら珈琲屋に向かう。古びた木製の扉の脇に自転車を停め、小さくひとつ深呼吸をする。そっと扉を押すと、上にかけてある鈴がちりんと音を立てた。

「いらっしゃい」

行介のぶっきらぼうな声が響く。

客はテーブル席に三人。知佐子は、ゆっくりとカウンターの前に向かって進む。

「これはこれは、知佐子さん。相変らずの、お美しさで」

すぐにカウンター席から声がかかり、

「いや、知佐子さんの場合は、相変らずの可愛らしさといったほうがいいのか……」

首を傾げたのは洋品店の主人、島木だ。

「島木さんも相変らずの、元気なプレイボーイぶりで」

知佐子は軽くこう答えて、島木の隣の丸イスに滑りこみ、

「行介さん。私いつものブレンドを」

カウンターの向こうの行介に声をかける。

「承知しました」という声が返ってきて、行介はコーヒーサイフォンを手際よくセットする。

「今日は、冬子さんはいないみたいですね」

周りを見回して島木に訊くと、

「ちょうど、店が書きいれ時になるころですから、今日はもうこないと思いますよ」

愛想のいい声が返ってきた。

「それより知佐子さん。顔色が少しすぐれませんね」

怪訝な表情を浮べた。

「ええ、ちょっと心配事があって、それでここへ」

「そういうことですか。人はどういう訳か、何か切羽つまったことが生じると、きまって行さんの顔を見にきます。実に不可思議な現象ですが、事実ですから仕方がありません」

島木のいう通り、人は切羽つまった問題を抱えると、この店に行介の顔を見にくる。そして、ようやく安堵の胸をなでおろすのだ。理由は行介が究極の行為の体験者であるからだ。

究極の行為——殺人に較べれば、自分の切羽つまったことなど無きに等しい。そんな思いに突き当たって、人は素直に納得してしまうらしい。何とも勝手な納得の仕方だが、弱い人間にできる術はそれぐらいしかない。

「そうには違いありませんが、今日は行介さんの顔だけではなく、島木さんにも用事があってここにきました」

知佐子は今日ここへ、何もかもぶちまけるつもりでやってきた。あの加山の件をすべて話して、特に商店街一のプレイボーイと称される島木の率直な意見が聞きたかった。男心は男に訊くのが一番。自分一人で、あれこれ悩んでいても埒が明かなかった。

「ほう、私のほうにも用事があると――これはまた嬉しい限りといいますか」

と島木が身を乗り出したところへ「熱いですから」という行介の声が聞こえて、カウンターに湯気のあがるコーヒーがそっと置かれた。

「いただきます」と知佐子は声をあげ、ゆっくりとカップを手に取って口に運ぶ。ふうふう息を吹きかけながら口に含み、しばらく口のなかで熱さを落ちつかせて、こくっと喉の奥に飲みこんだ。

「やっぱり、おいしい」

と声に出すと行介が、ぺこりと頭を下げた。

知佐子は、しばらくコーヒーを飲むのに専念する。

半分ほど飲んで小さく息を吐き、そっとカップを皿に戻す。そして背筋を伸ばし、知佐子は島木のほうに向きなおる。

「単刀直入に訊きますから、お世辞や追従なしで、どうか正直に答えてください」

はっきりした口調でいうと、島木が首を縦に大きく振った。

「正直なところ、私って何歳ぐらいに見えますか」

「何歳ぐらい！」

島木は思わず声に出し、それから穴のあくほど知佐子の顔を見つめた。

「三十代の終りといいたいところですが、ここはやっぱり真正直に四十歳ぐらいと」

知佐子はその言葉に小さくうなずいてから、

「本当は、五十歳です」

ぽつりといった。

とたんに島木がのけぞった。

行介も唖然とした顔つきだ。

「おい行さん。俺はもう、女というものが信用できなくなった。この女慣れをした俺の目を十歳も騙しこむとは、いったい」

叫ぶようにいった。

「それは違うぞ、島木。知佐子さんは決して化粧でごまかしているわけでもなく、ほとんど素顔のままだ。それで十歳若く見えるということなら、それは天性のものだ」

嚙んで含むように、行介がいった。

「行介さんのいう通り、私は化粧を大してするわけでもないのにずっと若く見られていました。私は最初、それが嫌で嫌でたまらなかったんですけど——」

と知佐子は自分の生いたちを、行介と島木に話し出した。

知佐子は千葉の生まれで、弟が一人いた。

父親は役所の職員で、母親は市の給食センターで働きながら家事全般をこなしていた。知佐子が中学生のときに母親が子宮癌で呆気なく亡くなり、その三年後に父親は後妻を迎えることになった。

知佐子はその後妻とうまくいかず、やがて父親とも折り合いが悪くなって、高校卒業後は東京の鞄メーカーに事務職として就職し、一人暮しを始めた。そのころよくいわれたのが、

「今時珍しい、中卒ですか」

という言葉で、このころから知佐子は若く見られていた。

これは知佐子が二十代になっても三十代になっても同様で、いつも実年齢より若く見られた。そして若く見られたほうが、誰からもちやほやされることを知佐子は知った。

四十歳になった直後、二十年以上勤めていた会社が不景気のあおりで倒産した。慌ててハローワークに何度も行ったものの、四十歳になった女の働き口はなかなか見つからなかった。

といって遊んでいるわけにもいかず、ようやく見つけたのがガソリンスタンドでのアルバイトだった。このとき知佐子の心に浮んだのが、若く見られたほうがみんなからちやほやされる――この言葉だった。

ガソリンスタンドの面接では簡単な履歴書を出すだけでよく、戸籍抄本などの書類は不要だった。知佐子はこのときの履歴書に生年月日を十年ごまかして書いて提出した。その日から知佐子は一気に若返り、それから十年間、怪しむ人間は誰もいなかった。

知佐子のここまでの話を聞いて、

「なんとまあ、大胆なことを。履歴書にまで細工をして」

島木が呆れた声を出した。

「多分、単に、ちやほやされたいだけじゃなく……」

ぼそりと知佐子は声を出した。

「四十を過ぎた一人暮しのいい歳のオバサンが、これからバイト生活かって――そう思われるのが嫌だったんだと思います。それではあまりに惨めすぎると」

声が湿っぽくなるのがわかった。

「でも」

と知佐子は叫ぶような声を出した。

「お二人に本当に聞いてほしいのは、このあとの話なんです。そして私はいったいどうしたらいいのか。そのことを教えてほしいんです」

知佐子は、自分と加山の間におきた一連の出来事をつつみ隠さず、行介と島木に正直に話した。

話しているうちに鼻の奥が熱くなるのがわかった。知佐子は鼻を何度もすすりながら、それでも最後まで話し通した。

「いったい私は、どうしたらいいんでしょうか。いくら考えてもわからないので、男のお二人に意見を聞こうと、こうして恥をしのんですべてを……」

声を押し殺して、知佐子はいった。

「それは――」

島木が絶句した。

「何にしても、大変な話には違いない。ここはじっくり考えて、とにかく知佐子さんのためになるような解決策を」

こんなことを行介は口にするが、途方に暮れたような声だった。

「だから、ここはまず、熱いコーヒーでも飲んでリラックスして。三人分の新しいコーヒーを淹れましたから」

いうなり行介はカウンターの上に、湯気のあがる熱々のコーヒーをそっと置いた。行介の分はガスコンロの上だ。

先に行介がカップを手に取って口に運び、知佐子と島木もそれに倣うようにカップを手に取った。

しばらく三人は無言で、コーヒーを飲んだ。

周りから音が消え、コーヒーをすする微かな音だけが耳を打った。

行介が、とんとカップをコンロの上に置いた。

「方法は、たったひとつ。俺はこれしかないと思う」

はっきりした声でいった。

休みの日の夕方――。

知佐子は洗面所の鏡の前で、また自分の顔を見つめている。

加山と夜の食事を一緒にする約束があり、そのための点検のようなものだったが、今日はいつになく真剣だ。

気になる部分を見つけた。

目の下に、わずかだったが、たるみがあるように見える。年齢を考えれば何の不思議もないのだが、何といってもこれまで若く見られてきた顔だった。それが……。

それに、今まで誰にも話したことはなかったが、実は知佐子は四年前に眼窩脂肪を取り除く整形手術を受けていた。大げさな手術ではなく、いわゆるプチ整形に近いものだったが、顔にメスを入れたのは確かだった。

そのときも鏡を見ていてわずかなたるみを感じ、思いきって整形をすることにしたのだが——知佐子の持論では、別に鼻を高くしたわけでも目を大きくしたわけでもなく、単に元の自分の顔に戻しただけなので、世間でいう整形手術には当たらない、ということになるのだが。

しかし、再びたるみが出てきたということは、この先何年か経てばいったいどんな状態に……そうなる前にまた手術を受けたほうがいいのか、それともさすがにもう年だからと、それはそれで自然に任せたほうがいいのか……。

知佐子は鏡のなかの顔を、睨みつけるように見る。

「いずれにしても、まだ大丈夫。それほど目立ってはいない」

呪文のように呟いて小さな溜息をつき、加山に逢う前に珈琲屋に寄ってみようと、知佐子はふと思う。何か心配事があれば珈琲屋——あの古びた店のカウンターの前に座れば、何となく心が和らいで落ちつくという不思議な気持に浸ることができた。

知佐子は急いで顔の化粧に取りかかる。

といってもいつもの薄化粧なのだが、目の周りだけは念入りに手を加えた。悪目立ちがしない程度ではあるけれど。

鈴の音とともに店のなかに入り、真直ぐカウンターに向かうと、女性が一人、丸イスに座っていた。後ろ姿なので断定はできないが、多分蕎麦屋の冬子だ。

知佐子は一瞬、躊躇(ちゅうちょ)する。

冬子は誰が見ても美人だった。

知佐子のような子供顔ではなく、目鼻立ちの整った美人顔。そんな女性の隣に座るのは女なら誰でも気が引ける。しかも冬子はかなり、ワケアリの女性。これは行介の犯した罪同様、商店街では誰もが知っていることだった。

「いらっしゃい、知佐子さん」

そんなところへ行介の声がかかり、知佐子は意を決したような思いで、冬子とはひとつ置いた丸イスに腰をかける。

「いつものやつで、いいですか」

という行介の声に「はい、お願いします」と知佐子は小さく答える。

「こんにちは」

すぐにひとつ向こうの冬子が、屈託(くったく)のない声をかけてきた。知佐子もそれに応じて冬子に挨拶の声をあげる。同時に行介が簡単に二人を紹介する。

「あなたが、噂(うわさ)の知佐子さん。年下の男性に愛されて、自分の年がいえずに困っているという……」

何でもない口調で冬子はいった。

その言葉におずおずと行介の顔を見ると、

「すみません。今、冬子がいっただけのことを話しただけで、詳細は何も話していませんから。もちろん、知佐子さんの実年齢のことなども——ただ、同じ女性として、この問題をどう解決したらいいのか、それを訊いてみたくて冬子に」

すまなそうな表情でいった。

「そう。いくら訊いても話してくれたのはそれだけで、あとは何にも。名前も教えてくれなかったからカマをかけてみたら、ドンピシャだった」

嬉しそうに冬子がいった。

笑うときりりとした顔が丸くなって、可愛らしさが加わった。

「ああっ」

と知佐子は吐息のような言葉をもらし、

「それで、あの、冬子さんはどんな解決法がいいと……」

思いきって訊いてみた。

「保留——」

すぐにこんな言葉が返ってきた。

「私が知っている情報は、さっき行ちゃんがいった程度で詳細はまったくわからない。

ワケアリの私が、たったそれだけの情報でいい加減なことをいうわけにはいきませんから」

冬子は自分のことを、ワケアリ女性といった。そして、

「知佐子さんも、私のあれこれは知ってるんでしょう」

ほんの少し笑った。

「ええ、まあ。町の噂程度ぐらいは」

ぼそっと知佐子が口にすると、

「どの程度？」

冬子が視線を真直ぐ向けてきた。

あの事件の前──冬子と行介は恋人同士のつきあいをしていた。それが、行介が殺人を犯し、当然のことながら二人の関係は終りを告げた。

この後、冬子は父親が強引に見合いをすすめて茨城のほうに嫁いだが、行介を諦めたわけではなかった。

刑期を終えて行介が出所してくる少し前、冬子は事をおこして離婚し、実家に出戻った。そして行介の出所を待ったのだが──。

知佐子は、こんなことを冬子に話した。

「肝心なことがひとつ抜けている。私が嫁いだ先は旧家で、離婚にはなかなか応じてく

れなかった。それで私は非常手段に踏みきった」

凛とした調子で冬子はいってから一呼吸置き、

「若い男の子を誘惑して関係を持ち、それを嫁ぎ先にぶつけて無理やり離婚を承諾させた。そういうことなんです」

といい切った。

知佐子には返す言葉がなかった。少しの間、沈黙がつづいた。

「すみません。いい辛いことを話させてしまって」

知佐子は、頭を深く下げた。そして今回の件について冬子がどんな意見を持っているか、むしょうに知りたくなった。

「冬子さんたちの件に較べたら、私のあれこれなんてささいなことですけど、聞いてくれますか。そして、意見を聞かせてくれますか」

といって、加山との出来事の詳細と自分のこれまでを知佐子は丁寧に冬子に話した。

話を聞き終えた冬子は、
さすがに整形のことまでは、いえなかったが。

「へえっ、五十歳……羨(うらや)ましい」

素直に感嘆の声をあげ、まじまじと知佐子の顔を見てきた。正直いって、気恥ずかしかった。

「で、悪女代表の私の意見なんですけど方法はふたつ。ひとつは、何も話さずにすますこと。もうひとつは、洗い浚い話して、相手に判断をあおぐこと。このふたつしか知佐子さんのとる道はありません」

それはわかっていた。

「そのどっちの方法をとるかは、加山さんに対する知佐子さんの――」

冬子はここで言葉を切り、視線を知佐子の顔からそらした。

「知佐子さんの恋心の強さではなく、あえて言葉を探せば執着心次第です。いい思い出ですまされるなら、話さなくてもいいですし、加山さんとの結婚を本気で考えているのなら話さざるを得ません。籍は入れないという方法をとったにしても、一緒に暮し出せばすぐにわかることですから――」

恋心ではなく、執着心と冬子はいった。

「恋心は冷めますが、執着心を冷ますことはなかなかできません。いい換えれば呪いのようなもので、尋常一様のものではありません」

冬子はちらっと行介に目を走らせた。

「私はこの呪いのために、なかなか行動を示してくれない行ちゃんを諦めることが、いまだにできない状態ですから」

さらっという冬子の顔から視線をそらし、行介の顔をそっと見ると、きまりの悪そうな表情で宙を見つめていた。

「それぐらい執着心というものは怖いのですが——さて、知佐子さんの心は恋なのか執着なのか、どっちなんですか」

どちらなのだろうと考えを巡らせながら、先日この店を訪れたときのことを知佐子は思い出す。

「いったい私は、どうしたらいいんでしょうか——」

と訊く知佐子に島木は絶句し、行介のほうは考えに考えたあげく、

「方法は、たったひとつ。俺はこれしかないと思う」

と前置きをしてから、

「正直がいちばん。嘘で一時逃れをしたとしても、やがてはばれる。すべてを明白にし、こんな私でよかったら、よろしくお願いしますと頭を下げればいい。相手が知佐子さんを真から好きなら、結果はいい方向に転がっていくはずだ。正直に勝る言葉などはどこにもないはずですから」

こんなことをいった。

確かにそれがいちばん公正で良心的な方法なのはわかっていたが、それを実行したとして知佐子にはひとつだけ、危惧があった。

そんなことを考えながら、冬子のいった恋心と執着心という言葉を考えてみるが、自

分の思いがどっちなのかよくわからない。加山と結婚したい気持はあるが、それが執着と呼べるほど強いものかといわれると、首を傾げることに。

そうなるとこれは、単なる恋心。

加山とのロマンチックな恋を楽しみ、それをいい思い出にしていくのがいちばんいいともいえる……しかし、結婚できれば、それにこしたことは。そうなると行介がいったようにすべてを明白にしなければならない。それにあの、ひとつの危惧だ。

知佐子の思考は堂々巡りで、いっこうに前には進んでくれない。

「どうですか、知佐子さん。自分の心はわかりましたか」

柔らかな口調で冬子がいった。

「ロマンチックな恋を楽しんで、それをいい思い出にしてもいいし、もしくはその結果、結婚してもいいし……すみません、ちゃらんぽらんというか、いいかげんというか、こんなことしかいえなくて」

蚊の鳴くような声を知佐子は出してから、

「もっと本音をいえば、何もかもあの人に話して、その結果——蔑（さげす）みの目で見られて、すてられることになったら、多分私の心はずたずたになるはずです。それが怖くて躊躇（ためら）っている部分も……」

泣き出しそうな口調でいった。

これが知佐子の危惧だった。

十年の間、隠し通してきた自分の年齢だった。勇気を出してそれを明かして拒否されたら。大げさなようだが、生きる張りを失うような気がした。そして、加山がそのことを勤め先のみんなに吹聴したら……。

知佐子はぶるっと体を震わせた。

「拒否されたら――」

はっきりした声を冬子があげた。

「今度は自分のほうから、食らいついていく。あっさりと諦める物分かりのいい恋など、ただの恋愛ごっこ。本当に人を愛するということは、何が何でも相手に食らいついていく執着の心だと私は思う」

燃えるような目を冬子はしていた。

やはりこの人は激しい心の持主なのだ。

「そうは思わない、行ちゃん」

くぐもった声を、冬子は行介にぶつけた。

「そうだな、そういうことだと俺も思うよ。しかし俺は、たとえ一緒になれなくても冬子がそばにいるだけで幸せだから」

行介は、ぼそっといった。

「そうね。人を殺した行ちゃんは、人並みな幸せをつかんではいけないんだもんね。それが行ちゃんの筋だもんね」

喉につまった声を冬子は出して、そのまま黙りこんだ。仏頂面(ぶっちょうづら)だった。

ここにきて、知佐子はようやく二人が一緒にならない理由がわかった。いつもは穏やかな行介も冬子同様、激しい心の持主なのだ。

そんなことを考えていると、カウンターに湯気のあがるコーヒーがそっと置かれた。

「話が長くなると思って、淹れるのをひかえていました。熱いですから気をつけて」

行介の低い声が耳に響いた。

「あっ、いただきます」といって知佐子は両手でカップをつかみ、そろそろと口元に持っていく。少し口にふくんで、ゆっくりと喉の奥に落しこんでいく。

「やっぱり、おいしいですね」

というと行介の顔に、ほんの少し笑みが浮ぶが言葉は出てこなかった。

無言の空気が周りをつつみ、気まずく感じられた。

何か自分が話さなければと、知佐子は少し焦った。この場を和(なご)ませなければ……。

「あの、さっきの執着心って、何となくストーカーっていう言葉と同義語のような気がしないでもないですね」

とっさにこんな言葉が飛び出した。しかしこれでは和ませるというよりはむしろ……

と別の言葉を探していると、

「ストーカーにも、いいのと悪いのがあるわ」

ぽつりと冬子がいった。

「あっ、そうですね。何にでも裏表はありますからね」

慌ててこういってから知佐子は心地のよい言葉を探すのを諦め、とにかく無言の状態がつづくのは避けようと、ずっと気になっていた疑問を行介にぶつけた。

「あの、行介さんに教えてほしいんですが、特に年上の女性に興味がない男の人にとって、結婚相手の年齢はどのくらい上まで許せるものですか」

むろん、これは自分と加山のことだった。

行介が、じっと冬子の顔を見た。

「俺は冬子が十歳上でも二十歳上でも、まったくかまわない。たまたま好きになった人が年上だったというだけで、それが障害になるとは思わない。なあ、冬子」

ちらりと冬子が行介を見た。

「ふうん」と鼻にかかった声をあげ、

「行ちゃんは、けっこう口がうまいから、こういう人には気をつけたほうがいいですよ、知佐子さん」

心にもないような言葉を口にする冬子の表情は緩んでいた。

「コーヒーのお代りはどうだ」

行介が冬子に優しげな声をかけた。

「飲むわよ、もちろん。ただし、行ちゃんの奢(おご)りだけどね」

ごく普通の声でいった。

「そういうことだな」

といって、行介はコーヒーサイフォンを手早くセットする。店の空気が穏やかになっていた。仲のいい夫婦らしき二人が、そこにはいた。羨ましさが知佐子の胸に湧いた。加山の顔がそれに重なった。

時計を見ると約束の時間が近づいていた。

「私、そろそろ行かなくっちゃ」

知佐子は残りのコーヒーを、一気に喉の奥に落しこむ。

「ひょっとして、その加山さんという人と、これからデート?」

ひやかすように冬子がいった。

「だから今日は、特に綺麗なんですね」

柄にもなく行介も軽口を飛ばすが、いつもと変って見えるのは、たるんでいた目の周りを念入りに化粧したせいなのを知佐子はちゃんと自覚している。

「ごちそうさまでした」

と立ちあがる知佐子に、冬子が声をかけてきた。

「さっき知佐子さんは、執着はストーカーと同義語だっていってたけど、私はそうは思わない」

知佐子の顔を、冬子は真直ぐ見た。

「執着心を今風にいえば、一途な愛――私はそう思っている」

はっきりした口調でいった。

「一途な愛……」

知佐子は口のなかで繰り返し、行介と冬子に頭を下げて出入口に向かった。

いつもの居酒屋に行くと加山はすでにきていて、料理も酒も頼まないで知佐子を待っていた。

「お待たせしました。すみません」

と頭を下げて、知佐子は加山の前の席に腰をおろす。

「この、待っている時間というのもいいものなんですよ。胸をわくわくさせながら、もうすぐもうすぐと、戸が開くたびに視線を向ける。これが嬉しくて楽しいんです。至福の時間です」

二重瞼のすっきりとした目を細めて、加山はいう。

「何だか、小さな子供みたいですね」

知佐子も目を細めていうと、

「小さな子供とまではいかないですけど、何となく初心な高校生に戻ったようで。大人になって、こんな気持になったのは初めてです」

そんな話をしているところへ、店の女の子が注文を取りにやってきた。ビールと、それぞれ好きな料理を頼んだ。

「高校時代は、モテたんじゃないですか」

さりげなく訊くと、

「モテませんよ、全然。というより、僕が通っていたのは男子高校で、女子生徒は一人もいませんでしたから」

加山はそういってから、

「すみません。今までこういった話題は出なかったのでいいませんでしたけど、僕は高卒で、大学は行ってません」

すまなそうに加山はいった。

「そんなこと構いませんよ。私だって、高卒ですから」

知佐子は何でもないことのようにいう。

事実そんなことは、どうでもよかった。

もし結婚したとしても、何とか毎日の生活ができれば充分で、相手に対して出世などは望んでいなかった。たったひとつの望みは、相手の顔——二枚目なら少々苦労しても、それでいいと思っていた。

お通しとビールが届いて、知佐子と加山はまずコップを合せて乾杯。喉に染みわたる、おいしいビールだった。

「加山さんの高校に女子がいないとしても、他校にはいるでしょ。そこではモテたんじゃないですか」

ほうれん草のおひたしを口にしてから、知佐子は話題を戻した。

「僕は野球部だったので、平日はもちろん、休みの日も野球漬けで、女の子と遊ぶ時間なんてなかったですよ」

小学生のころは少年野球のチーム、中高生は学校の野球部で、白球を追いかける毎日だったと加山はいった。

「くりくりの坊主頭で、顔は日焼けで真黒け。今思い出しても、高校生のときに女の子と言葉を交したなんてことは一度もなかったような気がします。残念ですけどね」

いかにも残念そうな顔をした。

「へえっ」と知佐子は内心驚いた声をあげ、それでも、ほっとするものを感じていた。

「それなら、けっこう野球は上手だったんですね」

知佐子のこの言葉に、加山の顔が情けないものに変った。

「野球は大好きだったんですけど万年補欠の状態で、いつもベンチを温めていました。好きこそ物の上手なれ、という言葉がありますが、あれは嘘です。いくら練習しても才能のない者は駄目です。高校時代、僕がちゃんとした試合に出させてもらったのは、たった一度きりでした。それもピンチヒッターで」

夏の甲子園の、県予選のときだという。

九回の裏、二死満塁。加山の高校は三対〇で負けていた。ここでホームランが出れば逆転サヨナラ勝ちという場面だった。

このとき、ピンチヒッターに指名されたのが加山だった。打率は低かったものの、当たれば長打になるという加山に監督は懸けたようだ。

「思いっきり、振り抜け」

監督はそういって加山を送り出した。

加山はバッターボックスに立った。胸が壊れるほど鼓動が速かった。痺れるほど頭も真白になっていて、考える余裕はまったくなかった。ただ、渾身の力でバットを振り抜くだけ。それだけだった。ホームランとまではいわないけど、長打が出れば。祈るような気持で、バットを構えた。

そこで加山は言葉を切った。

当時を思い出したのか、遠くを見るような目で宙を睨みつけた。

「それで、どうなったの」

身を乗り出して知佐子は訊いた。

「一球目、バットを思いきり振り抜きました。いい音がした。長打コースだった。でも残念ながら、わずかに左にそれて三塁側のファウルグラウンドに。悔しかったです、死ぬほど悔しかったです。あと五十センチ、ボールが右に寄っていたら……」

加山は、本当に悔しそうな表情でいい、

「次も渾身の力で振り抜きましたが、これは空振りでした」

大きく頭を左右に振った。

「そして、最後のひと振りですが……奇跡がおきました」

「打ったの、ホームラン！」

知佐子の口から叫び声があがった。

「いえ……」

加山は口を一文字に引き結んでから、

「デッドボールでした。左の太股に当たり、僕は一塁へ。三塁走者が押し出されて、一点が入りました。正直いって、ほっとしました。とにかく一点は入ったんですから。それに、不様な醜態(しゅうたい)だけはさらさずにすみました。ファウルでしたが、いい当たりも出ましたし」

　ほっとしたような表情でいった。

「それに……」

　喉につまった声を加山は出した。

「あのとき監督が僕をピンチヒッターに指名したのは、おそらく」

　言葉を一瞬のみこんでから、

「僕の長打力を買ったというよりは、温情、三年間ベンチを温めていた僕の気持を哀れに思って、それで――」

　つかえつかえ、加山はいった。

「ああっ……」

　と知佐子は掠れた声を出し、

「それで、試合のほうは」

　と訊いた。

「次の打者が三振に打ちとられ、ゲームセットです」

　いうなり加山は運ばれてきた串カツに手を伸ばして、悔しそうにかぶりついた。

　この人は正直なのだ。そして、正直に話してくれたのが嬉しかった。こんな喜びは、これまで感じたことはなかった。

顔がよければ楽しいことずくめ——そう考えていたが、世の中はそれだけではないと知佐子は実感した。

知佐子と加山は、二時間近く話に花を咲かせてから店を出た。

並んでゆっくりと歩いた。

無言で暗い路地のあるほうに向かった。

建物の陰で強い力で抱きしめられた。

「知佐ちゃんが、大好きだ」

加山は、知佐ちゃんと初めて呼んだ。

知佐子の体が、ふいに熱くなった。

キスをされた。強い力で吸われた。

「知佐ちゃんが欲しい。何もかもが欲しい。一緒になりたい」

耳許で上ずった声が響いた。

また唇を吸われた。

加山の右手が下に伸びて、スカートのなかに入るのがわかった。指が下着に触れ、なかに進入してきた。

「そこは駄目っ」

強い言葉が飛び出した。とたんに加山の顔が泣き出しそうなものに変るのがわかった。

少年のような顔に見えた。白球を追っている少年の顔に。知佐子の胸に、ふいに愛しさが湧きあがった。

「あとで……」

掠れた声が口から出た。

「えっ、本当に！」

力一杯、加山が知佐子を抱きしめた。

その夜、知佐子は加山と結ばれた。

そして、加山は知佐子に結婚してほしいと懇願した。

何度も何度も懇願した。


加山と結ばれてから半月ほど経って、知佐子は珈琲屋を訪れた。

実をいえば、あれから知佐子は加山と毎日のようにデートを重ね、とても珈琲屋にくるような時間などはなかった。

加山が好きだった。

あのとき――。

ホテルに行って加山に抱かれたあと、知佐子の胸に突然浮びあがったものがあった。

冬子のいった執着心という言葉だった。そしてそれはすぐに一途な愛という言葉に置き替り、知佐子の胸に焼きついた。

知佐子も加山と結婚したかった。

そのためにはすべてを明白にしなければならなかったが、それを今夜この店で実行するつもりだった。すべてを聞いて、もし加山が難色を示したら、そのときは知佐子のほうから、冬子のいったように食らいついていくつもりだった。

「本当に、すべてを話すつもりですか、知佐子さん」

隣の席の島木が、心配そうな表情でいった。

「話すつもりです。そうしなければ結婚への道は拓けませんから。私もすでに五十、これを逃したらチャンスはもうないでしょうから」

「しかし、それでは、ひょっとしたらということも」

さらに島木は言葉をつづける。

「そのときは、みんなで慰めてください。そのために、ここを選んだんですから。多分そのときは私、大泣きするでしょうし」

知佐子は明るくいって、島木とカウンターの向こうの行介の顔を交互に眺める。本当は冬子にも一緒にいてほしかったが、あいにく今夜は、友達と会う約束があって出かけたということだった。

「目覚めたんですね、知佐子さんは。執着心という一途な愛に」

行介が微笑んだ。

「はい、みごとに目覚めてしまいました。こんな気持、いったいどれほどぶりか。ひょっとしたら初めてかもしれません」

「何だよ、その、執着心とか一途な愛とかいうやつは」

島木が怪訝な面持ちを浮べる。

「お前には縁のない言葉だから、忘れろ」

行介は苦笑を浮べ、

「いずれにしても、相手の加山さんはもうすぐここにくる。そして、知佐子さんは結婚の承諾を伝え、それからすべてを加山さんに明かす。そういうことですね」

念を押すようにいう。

「はい。結婚の返事をきちんとしますから、ここにきてくださいと加山さんに――ここには心強い味方がいて、切羽つまった話をするには最適の場所ですから」

ふうっと知佐子は吐息をもらした。

「それはわかるけど、何にしても心配だよな、行さん。これからの知佐子さんの人生が懸かってるんだから」

島木がまた、不安げな声をあげた。

「心配するな。話は、とんとん拍子に進むと俺は思っている。正直に勝る言葉はなし

――加山さんだって、わかってくれるはずだ」

と行介がいったところで扉の上の鈴がちりんと鳴った。

「きました」

知佐子は低く叫び、

「じゃあ、奥のテーブル席に移りますから、コーヒーのほうをお願いします」

知佐子はそういって入ってきた加山にぴたりとよりそい、奥の席に誘った。

「よろしく、お願いします」

座るなり加山は、ぺこりと知佐子に頭を下げた。相当硬くなっているようで、見ているだけで息苦しくなった。

「こちらこそ、よろしく。大好きな加山さん」

知佐子がこう軽口を飛ばすと、加山の顔が一瞬で綻(ほころ)んだ。が、知佐子の胸は早鐘を打つようにあえいでいる。何といっても、これからすべてを明白にするのだ。それがどんな結果になるのか。

「お待たせしました」

すぐそばから声が響き、行介がトレイから手際よく二人分のコーヒーをテーブルに並べる。

「熱いですから」

行介は励ますようにしっかりした声でいい、小さく知佐子にうなずいて戻っていった。

知佐子と加山は、しばらくコーヒーを飲むことに専念した。そして、その時間が過ぎたら——。

「あの、例の件ですが」

半分ほど飲み終えた知佐子は口を開いた。慌てて持っていたカップを加山は皿に戻し、うつむき加減で知佐子を見た。

「結婚のこと、喜んでお受けします」

言葉が終らないうちに、加山の顔に喜色が走った。妙に弛んだ、無防備な表情になった。

「ありがとうございます、本当にありがとうございます、本当に」

早口で上ずった声をあげた。それから、

「これで安心して眠ることができます。どうも近頃寝つきが悪くて、それに嫌な夢ばかり見るというか。食のほうも細くなってしまい、これが俗にいう恋患いというものなのか。医者に行ったほうがいいのか、何といいますか」

何だかよくわからない、支離滅裂なことを口走ってから、急に背筋をぴんと伸ばした。

「いや、本当にありがとうございます」

しっかりした声でいって、頭を深く下げた。

「そんなに喜んでもらえると、かえって私のほうがとまどってしまって……それに私、ちょっと加山さんに、お話が……」

加山の顔に緊張が走った。

「申しわけないんですけど、私加山さんに嘘をついていました。それをこれから話しますので、よろしくお願いします」

知佐子は膝の上の両手をしっかり握りしめ、ゆっくりと話し始めた。

すべてのことを。

自分の本当の年も。

子供を産めない体であることも。

それでも加山が好きなことを。

整形以外のことのすべてを、正直に詳細に知佐子は加山に話した。

加山は無言だった。静寂が流れていた。

「よく、わかりました」

ようやく加山が声をあげた。

真直ぐ知佐子の顔を見た。

「別れた女房が年上で強かったので、できれば年下がいいと思っていただけで、どうしてもということではありません」

加山は小さな空咳をひとつして、

「知佐子さんがいくつだろうと、僕には関係ありません。たとえ十歳二十歳、上だとしても、僕は知佐子さん、そのままが大好きなわけで年齢なんてどうでもいいです」

行介と同じようなことを、はっきりした口調でいった。

「えっ、本当ですか」

叫ぶような声をあげる知佐子に、

「それに僕も実は年を……四つごまかしていました。できるだけ若く見せようと、だから本当の僕の年は四十六歳。知佐子さんと四つ違いなだけです。これをどう話したらいいのか、実は僕も心底悩んでいました。そんな僕でもよかったら……」

神妙な顔で加山はいい、頭を下げた。

驚いた。加山のほうも年をごまかしていたとは。

知佐子の手に、ボールは移った。

「年なんて、どうでもいいです。私も加山さんのそのままが好きなんですから。でもお互いに年をごまかしていたなんて、驚きました。本当にびっくりです」

笑いながらいうが、知佐子の本音でもあった。そしてこのとき知佐子は、あのプチ整形のことも加山に話してしまおうと決心した。話してしまえば楽になれる。それに、数年後にまた、たるみが出てきたときにも何の気兼ねもなく手術を受けることができる。

「あの、実はもうひとつ」

知佐子はこういって、整形手術の件を加山につつみ隠さず話した。

「ああっ」

とたんに加山の顔に笑みが浮んだ。

「そんなこと、ささいなことじゃないですか。でも、本当に僕たちは似た者同士だ。また、オアイコです。実は僕も……」

嫌な予感がした。

「整形をしてます。目を二重にして、鼻を高くしてシミもとりました……女房と別れた直後に、気にしていた部分を思いきってやってみました。実はこれも、もし知佐子さんと結婚した場合、会社の同僚などからそのことが耳に入ってしまうんじゃないかと心配はしてたんです。でも、これも似た者同士で、本当にほっとしました」

嬉しそうに加山はいった。

二枚目の顔だった。

しかしこれは、完全に造られた顔。

知佐子のなかで、根底の部分の何かが崩れる音が響いた。

何がどうなっているのか、わからなくなった。カウンターのほうを眺めると、行介と島木が心配そうな顔で知佐子を見ていた。

「執着心、一途な愛……」

胸の奥で怒鳴ってみたが、そんな言葉が浮んでくる気配はなかった。

知佐子は無言のまま、その場に座りつづけた。

女同士

このままでは、何かやらかすかも――。

もちろん、自分のことだ。

それを防ぐためには、やっぱりあそこに行くしかない。行ってどうなるのかは見当もつかなかったが、とにかく行ってみるだけの価値はあるはずだ。

歩美(あゆみ)はそんなことを考えながら、オニギリの棚の整理をする。

「歩美さん、津村(つむら)歩美さん、ちょっとこっちへ――」

そのとき歩美は自分を呼んでいる声に初めて気がつき、レジ台のほうに目を向けた。

呼んでいるのは吉川雅子(よしかわまさこ)。歩美の苛立(いらだ)ちの元凶ともいえる人間だった。

「はい」と声をあげ、整理をする手を止めて歩美はレジ台の前に急ぎ足で行く。

「乱暴すぎるんじゃない。大切なお客様の口に入るものなんだから、もっと大事に扱って。あれではオニギリが、かわいそうです。まったくあなたはガサツなんだから」

嫌味っぽくいった。

「私は特に乱暴に扱ったつもりはないですけど、雅子さんの勘違いじゃないですか」

いちおう抗(あらが)ってはみる。

「自覚がないということは、あなた、よほど甘やかされて育ったのね」

真正面から睨(にら)みつけてきた。

「乱暴かそうでないかは、あなたがきめることじゃなく、見ている私たちやお客様が判断することなの。お店のなかで働いている以上、主役はあなたではなく、周りにいる人たちだということを忘れないで」

雅子は理屈っぽい言葉を並べたててから、

「ねえ店長、そうですよね」

傍(かたわ)らに立つ伊岡(いおか)に同意を求めた。

「まあ、それはそうともいえるね。主役は、お客様であって私たちではないことは。それはまあ、間違いのないことといえばそうなってくるな」

歯切れの悪い言葉ではあったが、店長の伊岡は雅子に同意した。

雅子の顔に勝ち誇ったような表情が浮ぶ。が、伊岡は雅子の理屈っぽい正論を認めただけで、歩美の商品の扱いが乱暴だということに同意したわけではない。

「コンビニ業界は今、熾烈な競争の真っただ中にあることを忘れずに。お客様のため、ひいてはこの店のために、もう少し気持を引き締めて頑張ってもらわないと。ねえ店長」

雅子はまた店長の顔を窺う。

「それはまあ、そうなんだけどね」

伊岡は曖昧に答えて、困ったような笑いを浮べた。

「私のいってること、わかった、歩美さん」

今度は歩美に返事の催促をしてきた。

「はい、わかりました。どうもすみませんでした」

こんなやりとりをつづけていても時間の無駄で、苛立ちがつのるだけ。歩美はおざなりに謝って、オニギリの棚に向かった。

「まだ話は終っていないのに、まったく近頃の新人ときたら……」

背中から雅子の捨て台詞が、はっきり聞こえた。

それから一時間後の夕方の五時頃。

仕事を終えた歩美は、行こうときめていた店に向かった。

『珈琲屋』――人を殺した男、宗田行介のやっている喫茶店だった。

商店街にあるその店の前に立った歩美は、大きく深呼吸をしてから、古ぼけた木製の扉に手をかけた。鈴がチリンと鳴り、歩美は店に入った。

頑丈な木造りの、落ちついた雰囲気の店だった。入った右手がテーブル席で、左側にカウンター席があった。

「いらっしゃい」

という、ぶっきらぼうな声がカウンターの向こうから響いた。そちらに目をやると、がっしりした体つきの中年の男が歩美を見ていた。宗田行介だ。

歩美はまた深呼吸をひとつして、真直ぐカウンター席に向かって歩く。カウンター席には先客が一人いて、そこからひとつ置いた丸イスに歩美は滑りこむように座った。

「何にしましょう」

水の入ったコップがカウンターに置かれ、行介が口を開いた。

太い声だったが、響きは柔らかだった。

壁にかけてあるメニュー表に素早く目をやり、「ブレンドを」と短く答えた。すぐに行介はアルコールランプに火をつけ、手際よくコーヒーサイフォンをセットする。

静かな時が流れた。

その静けさを破るように、ひとつ向こうの席の男が口を開いた。

「真直ぐ来てここに座ったということは、あなたは何かワケアリですか」

「えっ……」

そちらに顔を向けると、

「失礼しました。私はこの男の幼馴染み(おさななじ)で、近くで『アルル』という洋品店をやっている島木というものです」

目顔で行介を差していった。

「ああ、それは、ご丁寧に……」

歩美は軽く頭を下げ、男の顔をしげしげと見た。

四十前後のようだが髪がやや後退して、額が広く見えた。どこにでもいるような優しいおじさんといった雰囲気だったが、ほんの少し、軽薄さのようなものも感じられた。

「私はここの常連ですが、あなたを見るのは初めてで、その初めて見る女性がテーブル席ではなく、真直ぐカウンター席にきて腰をおろした——これはどう考えても、行さん目当てのワケアリの人間としか思えない。ですから失礼を承知で声をかけさせていただきました」

丁寧な口調で、島木と名乗った男はいった。

「どうですか、図星じゃないですか」

自信満々の口調でこういったとき、

「島木、それぐらいでやめとけ」

カウンターのなかから声がかかり、

「熱いですから」

という行介の声と一緒に、湯気のあがるコーヒーカップが歩美の前に置かれた。

歩美は少しの間、そのコーヒーカップを凝視してから、

「いただきます」

と声をあげて右手を伸ばした。

両手でつつむようにカップを持ち、ゆっくりと口に運んだ。本当に熱かった。そろそろと飲んだ。最初は熱くて味がわからなかったが、しばらく舌の上で転がしているとコクのある苦みとまろやかさが口一杯に広がった。

「おいしいです」

思わず声をあげると、

「ありがとうございます」

行介の顔が綻（ほころ）んだ。

意外だったが、優しそうな笑顔だった。

しばらくコーヒーを飲むのに専念した。

飲み終えて、カップをゆっくりとカウンターに戻す。小さく深呼吸をしてから、歩美は低い声でいった。

「島木さんのおっしゃる通り、私はワケアリの女です」

とたんに島木が、身を乗り出すのがわかった。

「やっぱり……そうじゃないかと私はあなたを見てすぐに――」

という島木の言葉にかぶせるように、

「津村歩美といいます。殺人を犯したことのある人の顔を見にきました」

はっきりした口調で歩美はいった。

一瞬周りが固まった。

「なぜ――」

と行介が訊いた。暗い声だった。

「ひょっとしたら、私も……」

それだけいって歩美は口をつぐみ、立ちあがった。バッグから財布を出して代金をカウンターの上に置き、

「またきます」

呟(つぶや)くようにいって背を向け、扉に向かって早足で歩いた。

外に出てから、今日何度めかの大きな深呼吸を歩美はした。


この日から三日目の夕方。

歩美はまた珈琲屋を訪れた。

鈴を鳴らして店内に入ると「いらっしゃい」という行介の声が響き、カウンター席にはやっぱり島木がいた。

今日はその島木の隣に、歩美は躊躇なく腰をおろす。すぐに島木の嬉しそうな声が耳を打った。

「これはこれは、こんなしがない私連れのすぐ隣に可愛いお嬢様が。まことに光栄の至りと申しますか。何はともあれ、まずはお礼を」

いい終えるなり、島木は歩美に向かって深く頭を下げてきた。かなり芝居がかった台詞と振舞いだったが、不思議に悪い気はしなかった。何にしても、面白みのあるおじさんではある。

「歩美さんだったね」

そのとき、カウンターの向こうから行介の声がかかった。

名前をちゃんと覚えていてくれた。

「そいつは、この商店街きってのプレイボーイといわれている男だから、甘い言葉には乗らないように」

真面目な口調でいった。

「おい行さん、そんなことは……」

しょげた島木を見て、思わず歩美の口から「あはっ」と笑い声がもれた。

「お二人とも、正直でいい人なんですね」

こんな言葉が飛び出した。

「人を殺した前科者に、いい人という言葉は似合わない」

独り言のように行介はいい「ブレンドでよかったのかな」と妙に澄んだ声を出した。

すぐに歩美は大きくうなずきを返す。

「ところでこれは決して甘い言葉でも何でもなくてですね――歩美さんのワケアリというのはいったい、どんなものなのか。そしてなぜ、わざわざこの店へやってきたのか。私は先日からそれが、気になって、気になって……」

心配そうな表情で島木がいった。

「それは、まずコーヒーを飲んでから話します。といっても、島木さんが考えているような物騒な話じゃありませんから、安心してください」

このとき歩美は胸につかえているすべてのことを、この二人に話そうと思った。なぜかは説明できなかったが、行介にしても島木にしても信頼できる人間……そんな気持が胸のすべてをおおっていた。

「おおっ、それは嬉しい限り。それで私の胸のつかえもきれいさっぱりと――というより、お嬢様のお役に立てればこの上ない幸せ。なあ、行さん」

大仰な言葉を並べたてて行介の顔を窺うが、行介は頭を軽く左右に振るだけだ。

「それから、島木さん」

と歩美はできる限りの優しい声を出し、

「私はお嬢様ではなく、結婚しています。それに、子供も一人いますから」

といって、どんな反応を示すか島木の顔を正面から見る。

「人妻で子供……」

島木は虚を突かれたような表情だったが、すぐに、

「人妻けっこう。私は人妻が大好きです」

と臆面もなく胸を張った。

この人は根っからの女好き──そう感じたが憎む気はおきなかった。そして胸の奥に本物という言葉が浮びあがった。

島木は本物の女好きで、行介は……不謹慎なようだが本物の人殺し。この本物という言葉が何を意味して、どんな作用をおよぼすのか歩美には見当もつかなかったが、そういうことなのだ。

「こら島木、いいかげんにしないと」

行介の一喝が響き、

「熱いですから、気をつけて」

柔らかな言葉と一緒に、カウンターに湯気のあがるコーヒーが置かれた。

それから十分後。

コーヒーを飲みほした歩美は、

「まったくの私事で、申しわけありませんが」

と前置きをして、ぽつりぽつりと行介と島木に向かって話し始めた。

歩美は現在勤めているコンビニエンスストアから、歩いて十分ほどの庭つきの一戸建てに住んでいた。家は義父が建てたものだったが、義父が四年ほど前に亡くなったのを機にそれまで借りていたアパートを引き払い、歩美たち夫婦は義母が一人残されたその家に移り住んだ。

ちょうどそのころ女の子が生まれ、子育てをするなら狭いアパートよりも一戸建てのほうがという思いもあったし、いつかはここに自分たち好みの新居をという気もあった。その女の子も今はちょっと手が離れ、幼稚園の年長組に元気に通っていた。

夫の俊也(としや)は住宅設備メーカーの営業をやっており、歩美も以前はそこで事務員として働いていて、それが縁で七年前に結婚。子供ができたのを機に歩美は思いきって退職し、専業主婦と子育てに徹することにした。

「すると現在、その家に住んでいるのは歩美さんと俊也さん、娘さんと義理のお母さんということに」

島木が声をあげた。

「はい四人です。娘は春菜(はるな)といって、お義母さんは久仁子(くにこ)……今年六十三になります」

ぼそっと歩美がいうと、

「六十三といえば、まだまだお若い盛り。それはまた、同居ということになってけっこう大変だったんじゃないんですか」

すかさず島木が何かを察したように、心配そうな口ぶりでいった。

「正直いって大変でした。大げさなことをいえば、それこそ箸の上げ下ろしまで文句をいわれて。それも主人のいないときに限って、ネチネチと。赤ん坊の面倒もほとんどみてくれず、自分は好きなパチンコ三昧。しかし文句だけは多くて……私は赤ん坊の世話と姑の仕打ちに、ほとほと疲れはてて、あれが、あのまままつづいていたら私は」

「えっ！」

ふいに行介が声をあげ、怖い顔で歩美の顔を見た。

「いえ、あのまままつづいていたら、取っくみあいの喧嘩をしていたんだろうなって」

「ということは、今はそれが収まったと」

島木が訊く。

「はい、一年半ほど前に義母は突然脳出血で倒れて……命に別状はなかったんですが、軽度ですけど左半身に麻痺が残り、これまでのように動けなくなって」

「ああ、なるほど。体にそうした障害を抱えたとたん、お義母さんはおとなしくなった。そういうことなんですね」

うなずきながらいう島木に、

「その通りです。不思議なものです。今では私が幼稚園に春菜を迎えに行けないときは、行ってくれることも。ゆっくりですが、一人で歩くことはできますから。それまでのことが嘘のように、大いに助けてもらっています」

歩美もうなずきながらいった。それから少し声を落とし、

「義母のことはいちおう落着したんですが、問題は今パートで通っているコンビニのことなんです。そこにいる従業員の人とうまくいかなくて、それで」

と歩美は、コンビニでのあれこれを話した。

歩美が今のコンビニに勤め出したのは、半年ほど前。

俊也の給料は高くなかった。さらに長引く不況のためリストラや給料の減額が現実になった。これではいけないと、春菜もあまり手がかからなくなったこともあって歩美はパート先を探し始めた。そして見つけたのが今のコンビニだった。

家からは歩いて十分の所にあり、春菜の通う幼稚園までも十分ほど。便利だった。

歩美はすぐに面接を申しこみ、採用された。学生時代にもコンビニで働いたことはなく、接客も初めてだったがすぐに慣れた。すべては順調に思えたが……。

ほぼ毎日、同じシフトで働く雅子と反りが合わなかった。雅子は今年三十三歳。このコンビニができた当初から勤めている主(ぬし)のようなものだった。何もかも自分で差配し、自分の思い通りに行かないとすぐに機嫌が悪くなった。

おとなしく雅子のいう通りに動いていれば問題なく毎日は過ぎていくのだが、二カ月ほど前に事件がおこった。そのことで歩美と雅子の間は決定的になった。

歩美が休みの日曜日。

歩美は自分の働いている店を春菜に見せようと思いつき、二人でコンビニに出かけた。店内を見て回ったあと、店長と、出勤していた雅子に春菜を紹介した。そのとき、雅子の顔色が変るのがはっきりわかった。雅子は物もいわずに倉庫に引っこみ、歩美たちが帰るまで顔を出すことはなかった。

翌日から、歩美に対する雅子の態度が大きく変った。その日、歩美が店に出ると、雅子はこんなことをいった。

「これ見よがしに子供を連れてきて、私に対する当てつけなのよね」

鬼の形相（ぎょうそう）だった。

あとで知ったことだったが、雅子は子宝に恵まれず、不妊治療に励み人工授精も二度やったがそれも結局駄目で、現在は、これからどうしようかと悩んでいるということだった。

不妊の原因は夫の乏精子症で、精子が一般的な数より少なく、それで子供がなかなかできないということらしかった。

事情をまったく知らなかった歩美は、雅子の前に可愛い盛りの春菜を連れていった。

それが雅子の逆鱗に触れた。そういうことだった。

雅子の歩美に対する苛めが始まった。

やることなすこと、すべてにクレームがつけられ、無理難題をしょっちゅう押しつけられるようになった。身に覚えのないことを店長に告げ口されることも頻繁にあり、歩美は四面楚歌の状況に陥った。

そして歩美のほうも先月あたりから、無理をいう雅子に対して反論するようになり、それに対して雅子もさらに反撃を加え、事態はどんどん悪い方向に進みつつあった。

そんな顚末を歩美は、ぼそぼそと語った。

話を終えて大きな吐息をもらす歩美に「あの」と島木が声をあげた。

「いっそ、そのコンビニをやめるという手もあると、私には思えるんですが」

恐る恐るといった様子だった。

「そうですね。それがいちばん手っとり早いと思いますが、あの店は家から行くにも、幼稚園に行くのも便利なんです。それに――」

歩美はいったん言葉を切って、行介と島木の顔を交互に見た。

「私にはどうやら……やられたらやり返さないと気がすまない部分もあって、それで」

重苦しい声でいった。

周りがしんと、静まり返った。

「それは困った。本当に困った」

それまで黙っていた行介が、掠れた声を出した。

「自分でもつくづく嫌な性格だとは思いますが、なかなか治らなくて……だから、この店にきたんです。私より切羽つまった事態に陥り、切羽つまったことをしてしまった、行介さんの顔を見に。何か得るものがあるんじゃないかと」

「得るものは、何かありましたか」

「気が楽になったのは確かです。これでしばらくは我慢はできるって……でも私、本当のことをいうと」

歩美はふいに、泣き出しそうな声になった。

「私、我慢はするんです。とことんまで我慢はするんです。でも、その我慢の限界を越えてしまうと」

ぎゅっと唇を引き結んだ。

「我慢の限界を越えると、いったいどうなるっていうんですか」

島木が低すぎるほどの声で訊いた。

中学生のころ、歩美は数人の女子生徒から苛めを受けた。

ある日突然、誰も歩美と口をきかなくなり、やがてそれはクラス全員に広がり、歩美はたった一人だけ、完全に孤立した。

それでも歩美は我慢した。いずれ苛めのターゲットは他の者に移り、自分は解放されることになる。そう思って、ひたすら我慢に徹した。

そんなある日——苛めの主謀者である女子生徒が歩美の前にやってきて、鼻の頭を人差指でぴんと弾いた。そして、

「いい気味、これからもずっと」

こんなことを口にして、嘲笑い(あざわらい)の表情を浮べて歩美を見た。

このとき、歩美の体のなかの何かが外れた。

そばにあったパイプイスを無意識のうちに両手でつかみ、その女子生徒に向かって大きく振りあげた。そのまま女子生徒の頭に叩きつけようとしたとき、

「こらあっ——」

という大音声が響きわたった。

ちょうど教室に入ってきた、担任教師の声だった。

この大声で歩美の動きは止まり、事無きを得たのだが——この後、歩美に対する苛めはぴたりとなくなった。

「そんなことが」

驚いたような声を島木はあげ、

「じゃあ、もしその先生が教室に入ってこなかったら」

やけに真面目な顔でいった。

「パイプイスはその子の頭に叩きつけられ、私もその子もとんでもないことに……」

歩美は大きな吐息をもらした。

また、高校時代には、こんなこともあったという。

一人の男子生徒が必要以上に、歩美にちょっかいを出すようになった。スカートを引っ張ったり、後ろから突き飛ばしたり、嫌な言葉や汚い言葉をあびせたり、悪口をいいふらしたり……。

今から考えれば、その男子生徒は歩美に気があったようなのだが、それにしてもやりすぎなのは明白だった。

あるとき、その男子生徒は後ろから歩美に近づき、いきなり両手で両方の乳房をつかみこんだ。そして、

「ペシャパイ、ペシャパイ」

と騒ぎたてた。

ふいに何かが弾けて、歩美は切れた。その男子生徒に体当たりした。

男子生徒はその場に仰向けに倒れ、歩美はその生徒に馬乗りになった。気がつくと両手でその生徒の首を締めていた。

このときも周りの生徒たちが止めに入り、事無きを得たのだが……。

「これが怖いんです」

話し終えて歩美はいった。

「追いこまれると、見境がなくなる。あげくのはてに、とんでもない過激な行動に走ることになる。若いころは、それほど気にしませんでしたが、こうやって大人になると、もし我慢の限界がきて、それを超えた状況になったらどうなるかと」

喉からこみあげるものがあった。

「もし私が何か、とんでもないことをしでかしでもしたら、春菜は、主人は……そして、私は」

嗚咽がもれた。

「それは……」

行介が、うめき声をあげた。

島木は視線を落したまま、身動ぎもしない。

「その答えを得るために、私はここにきました。人を殺した行介さんに会いに」

行介の顔を凝視するように、歩美は見た。

「私はどうしたら、いいんですか」

肩が震えた。

行介の店に行ってから一週間が過ぎた。

雅子からの苛めは、まだつづいている。

というより、以前よりエスカレートしているようにも思える。何が原因なのかはわからないが、ここのところ雅子はかなり苛立っていて、その捌け口が自分に向かっているようにも歩美には感じられる。

今日もこんなことがあった。

スナック菓子の在庫がなくなっているのに店長の伊岡が気づき、

「雅子さん、スナックの在庫が……」

と、いかにも申しわけなさそうな口調で、雅子にいった。

ちょうどそのとき、段ボールから商品を取り出す作業で倉庫にいた歩美は、思わず
「あっ」と声をあげた。

スナック菓子の在庫管理は歩美の仕事だった。そして一昨日の朝の時点で、そのことは雅子にきちんと報告していた。それがいまだに在庫ゼロとは……珍しいことだったが発注するのを雅子は忘れていたのだ。発注は、何事も自分でやらなければ気のすまない、雅子の仕事だった。

雅子のほうを窺うと、顔色が変っているのがはっきりわかった。

「それは……」

雅子は喉につまった声を出し、

「スナック類の在庫管理は歩美さんの仕事です。多分うっかりしていて見落したんじゃないでしょうか。私は歩美さんから発注の報告を受けてはいません」

とんでもないことを口にして、歩美の顔をじろりと睨んだ。恫喝(どうかつ)の目だった。

「ああ、歩美さんの……」

と伊岡がいったところで「そんなこと……」と歩美は声をあげた。いくら何でもこの責任転嫁は酷(ひど)すぎた。

「私は一昨日の朝、ちゃんと雅子さんにそのことは報告しました。雅子さんが発注するのを忘れていたんじゃないですか」

はっきり口に出して、深呼吸をした。これは心を落ちつかせるための、歩美の癖のようなものだったが……。

「何をいってるの、あなたは。私がそんな初歩的なミスをするはずないじゃない。自分のミスを私に押しつけないでくれる」

怒鳴るような声を雅子はあげた。

「雅子さんがベテランなのはわかっていますけど――でもここ数日、雅子さんが苛々しているのも確かです。だから、ついということも」

歩美も声を荒げて、雅子を睨みつけた。

「苛々していようが何をしていようが、私は長年この店で働いている、この仕事のプロです。その私が発注を忘れるなどということはありえません。ねえ、店長」

今度は甘えるような口調で、雅子は伊岡に同意を求めた。

「それはまあ、そういうことだけどね」

歯切れは悪かったが、伊岡は雅子の言葉に同意した。

この言葉を聞いたとたん、歩美の胸の奥から何かがせりあがってくるのがわかった。嫌な兆候だった。ちょうどそのとき歩美は段ボールを開けるための鋏（はやみ）を手にしていた。それを力一杯、握りこんだ。

その瞬間、珈琲屋の行介の顔が脳裏に浮んだ。そして、あの手が。

「ひょっとしたら、私の勘違いかも……」

歩美の口からこんな言葉が出た。

「ほら、見ろ」

吐きすてるようにいう雅子の顔には、勝ち誇った表情が浮んでいた。

「何はともあれ、今後はまあ、気をつけるように」

伊岡はほっとした表情でいい、雅子にわからないところで小さく歩美に向かってうなずいてみせた。それは事実はわかっているから、ここは我慢して……それはそんなことをいっているように見えた。

「はい、今後は気をつけます」

つられたように歩美はいい、この場は一件落着となった。それにしても、いくら長年勤めているとしても、伊岡は雅子に甘すぎる。いや、長年一緒にいるからこそ雅子の性格を知りつくして……ともいえた。

二人がその場を去ったあと、歩美は握っていた鋏をそっと段ボールの上に置き、自分の掌(てのひら)を凝視した。柄の形が赤黒く、くっきりと残っていた。行介の右手を彷彿(ほうふつ)とさせるような掌だった。

あの日、珈琲屋で――。

「私はどうしたら、いいんですか」

と肩を震わせたとき、行介はこんなことをいった。

「人を殺すということは、獣になるということです。人間には戻れないということです」

「獣……」

「これがその、証しのようなものです」

大きくて分厚い掌を、行介は歩美の前に広げてみせた。

無惨な手だった。赤黒く引きつった皮膚はケロイド状になっており、とても人間の手とはいえないものだった。獣の手だった。

「これは……」

「自分の犯した罪の重さから逃れようと、あがいた結果です。アルコールランプの炎で、自分で……」

嗄れた声で行介はいった。

「罪の重さって──行介さんは、きちんと犯した罪は償っているじゃないですか」

「法的には償ったとしても、人間としては一生償いきれない罪です。俺はその自分の罪深さにおののいて、こんなことを。弱い人間なんです、俺は」

行介が弱い人間。そんなはずはなかった。自分で自分の掌を焼くなどということが、弱い人間にできるはずがない。いやしかし……歩美の頭は混乱した。

強いていうなら、やっぱり本物の人殺し。いや、本物の人間……そんな言葉がぼんやりと歩美の胸の奥に浮んできた。そうとしかいいようがなかった。本物の人殺しが、本物の人間──矛盾だらけの考え方だったが、歩美の胸の奥は盛んにそう訴えていた。歩美の胸は喘いでいた。

「だから──」

行介の凛とした声が響いた。

「もし歩美さんに危ない兆候が現れたら、俺のこの醜い手を思い出してください。この獣の手を……」

行介はこういって、悲しそうな笑みを顔一杯に浮べたのだ。

そして、さっき。

手にしていた鋏をぎゅっと握りこんだとき、行介の顔が脳裏に浮び、赤黒くケロイド状になった無惨な掌が浮びあがったのだ。醜い手だったが、歩美にとっては貴い手だった。

ほっと小さな吐息をもらし、歩美は自分の右手を見た。赤黒く残っていた鋏の柄のあとは消えて、いつも通りの手に戻っていた。だが自分は行介と違い、決して本物の人間ではない。わかりきったことだった。

雅子はやっぱり苛立っているようで、それからも歩美に対する苛めはつづいた。

さらに、こんなことを大っぴらに口にするようになった。倉庫で二人きりになったときのことだ。

「この間の件でわかったでしょ。何があろうと私は決して罰せられない。私の失敗は、あなたの失敗――だから私に逆らうなんて無駄なことはしないほうがいい」

見下したようなことをいった。

「あなたって、苛めがいがあるの」

雅子は笑みを浮べ、

「すぐに顔に出るし、無駄に我慢をして耐えているし、我慢できなくなると、むきになるし。苛めの対象としては、うってつけ。反応を見てるだけで面白くて、憂さ晴らしには最適」

といって、軽くではあったが歩美の頭をぽんと叩いた。

さすがに怒りが湧いた。まるで玩具あつかいだ。

歩美は行介の手を脳裏に浮べた。醜いけれど貴い手だった。怒りが徐々に収まっていくのがわかった。ほっとした。

「そういえば、あなたがさっき並べ変えていた、フルーツサンドの棚。ごちゃついてるようだったから、もう一度きちんと並べ直してくれる」

面白そうにいうが、そんなはずはなかった。丁寧すぎるほど、きちんと並べておいた。ただの嫌がらせだ。

歩美の脳裏に行介の手が、また浮んだ。

深呼吸して、無言で雅子の前を歩美は離れた。

「歩美さん、返事は。ちゃんと返事をしなさい」

咎（とが）めるような声が背中に聞こえたが、さすがにそこまでする気にはなれなかった。黙って店につづく扉を開けた。

その雅子が変った。

歩美に対する苛めが、急になくなった。

苛立ちも消え、誰に対する口ぶりも穏やかになった。

歩美に対しても、

「コンビニ業界にとって、今は正念場。みんなで力を合せて、この店がちゃんと生き残っていくように頑張りましょう。お願いしますね、歩美さん」

こういって頭を下げたのだ。

訳がわからなかった。

あれだけ自分に対して敵意をむき出しにしていた雅子が、まるで手の平を返すような変貌ぶりだった。

ちょうど傍らにいた伊岡に目をやると、途方に暮れた顔をしていた。いったい、何がどうなったのか。歩美にしても途方に暮れるしか術はなかった。スナック菓子の件で雅子とやりあってから、まだ一週間ほどしか経っていなかった。


その日の夕方。

とまどいを抱いた歩美は、珈琲屋の扉をゆっくりと押した。

無骨で真面目な行介には無理でも、商店街一のプレイボーイと称される島木なら、何とかこのとまどいを解き明してくれるかもしれない。そんな思いで訪れたのだが、カウンターの前に島木の姿はなく、代りに見知らぬ女性が一人座って行介と話をしていた。

「いらっしゃい、歩美さん」

行介のぶっきらぼうな声に、その女性が振り向いて歩美の顔を見た。

やけに綺麗な女性だった。

年は行介たちよりも随分若く見えたが、ひょっとしたら——冬子。

町の噂（うわさ）では行介の元恋人だったが、あの事件のために一度はよそへ嫁いだものの、行介の出所に合せてそこを飛び出して——それも若い男との浮気という既成事実をつくって婚家を捻じ伏せたという。

「こんにちは。どうぞ、ここに座って」

女性はふわっと笑って、隣の席を目顔で差した。

やっぱり綺麗だった。

「はい、ありがとうございます」

小さく答えて、歩美は隣の席に腰をおろす。

「こいつは俺の幼馴染みで、蕎麦屋の冬子」

行介の言葉に、やっぱり冬子だったと歩美は妙な納得をして少し安心する。後ろ指をさされるのを覚悟で若い男との既成事実をつくって婚家から飛び出すなど、歩美には到底できないことだった。その点からいえば、冬子も本物。まさに本物の女といえた。信頼できる人間に違いなかった。

「あの、私のことを？」

気になったことを口にした。

「すまない」

といったのは行介だ。

「冬子と島木の口の固さは俺が保証する。だから、歩美さんのことを話して、女性の意見も聞いてみようと思って……もちろん、冬子以外は誰にも話してないから」

すまなそうにいう行介に、

「はい、わかってます」

と歩美は素直に返事をする。

「じゃあ、この件は落着ということで、歩美さんはブレンドでよかったのかな」

行介の言葉に、これも素直に歩美はうなずき「ところで」と冬子の顔を見た。

「私のあれこれを聞いて、冬子さんがどう思ったのか率直に聞かせてほしいんですけど」

「もし、私なら」

打てば響くように冬子が口を開いた。

「そんな仕打ちを受けたら、二つ三つ啖呵（たんか）を切ってから、さっさとその店をやめてしまうでしょうね」

こういってから冬子は「ごめんね」と小さな声でつけ足した。

「啖呵を切ってですか」

歩美は独り言のようにいい、

「そうですね、冬子さんならそうするでしょうね。潔いというか、真に女らしいというか。本当に羨ましいです」

本音をぽつりと口にした。

「でも、歩美さんは我慢強い。それも大きな美徳のひとつ。そのなかには家庭のこと、生活のこと、人づきあいのこと――いろんな要素が混じっていると思うから、それを考えると私も頭が下がる」

「そういってもらえると嬉しいんですけど、その私の我慢を、苛める相手は無駄な我慢だといってました」

蚊の鳴くような声で歩美は答える。

「無駄な我慢か……」

冬子はちょっと言葉を切ってから、

「一理あるような言葉だなあ。要するに必要以上の我慢はするなってことになるのか、無駄な我慢というのは」

独り言のように呟いて、視線を泳がせた。そして、

「私も無駄な我慢をしていることが、ひとつだけあるわ。とっても大事な部分で」

低すぎるほどの声を出した。

「冬子さんが、無駄な我慢ですか。すぐにはとても信じられないことですけど」

「私が莫迦なことをして婚家を飛び出したのは、出所してきた行ちゃんと結婚するため。でも行ちゃんは、俺は幸せになってはいけない身なんだと頑として首を縦に振ってはくれない。だから私は待つことにした。行ちゃんの凍えた心が融けるまで、いつまでも。でも、その心が本当に融けるのかどうか――これが私の無駄な我慢」

一気にいって、冬子はちらっと行介の顔を眺めた。

「冬子、それは」

行介は、とまどいの表情を顔一杯に浮べる。

そういうことなのだ。とうに一緒になっていなければいけない二人が、いまだに独りでいる理由がやっとわかった。

が、冬子の場合は自分とは違い、決して無駄な我慢などではないと歩美は思う。本物の女の我慢。そんな気がした。むろん、自分にはまねなどできない。やっぱりこの二人は、本物だ。そう結論を出してから、じゃあ自分は本物の何なのだろうと歩美はふと思う。

本物の小心小市民——こんな言葉がすぐに頭のなかに浮びあがった。これしか該当する言葉はなかった。

「どうしたの、歩美さん。妙な顔をして」

心配そうな冬子の声が耳許で聞こえた。

カウンターに目をやると、湯気のあがるコーヒーが置かれてあった。少しの間、どうやら放心状態でいたようだ。

「あっ、すみません。ちょっと心がよそに行ってしまって」

慌(あわ)てていうと、

「それなら、いいんだけどね」

行介のほうに冬子は目をやり、小さく笑いかける。行介もそれに応えて盛んにうなずいている。何だかんだといってもこの二人、けっこう仲がいいのだ。

そんな様子を目にしながら、歩美はコーヒーカップをそろそろと口に運ぶ。少し時間が経っているせいなのか、すぐにコクと芳醇さが口のなかに広がる。ほっとする味だった。

ひとしきりコーヒーを飲んでから、

「実は今日ここにきたのは、行介さんたちに聞いてほしいことがあったんです」

と、雅子の機嫌が急によくなり、自分に対する苛めもなくなったことを二人に丁寧に話した。

聞き終った行介は、困惑の表情だ。

冬子は何かを、しきりに考えている様子。

「俺のような単純な頭には、さっぱりわからん」

投げ出すような言葉を行介が出すと、

「女性の心変りは頻繁にあることで、それ自体珍しくはないけど、その極端な変り方はとても普通とは思えないわね」

冬子も首を傾げている。

「苛めがなくなったのは有難いんですけど、その理由がさっぱりわからなくて。それが逆に怖いというか、不気味というか」

歩美は正直にいった。

「ただひとつ、確実にいえることは」

冬子が凜とした声をあげた。

「とてつもない悪いことがあったか、とてつもなくいいことがあったか。原因はこの二点しか考えられない」

何かを思いついたのか、自信に満ちたような声だった。

「それは、たとえていうと、どういうことなんだ、冬子」

行介が怪訝そうな表情を浮べる。

「たとえば——」

冬子はちょっと声をひそめ、

「待望の赤ちゃんが、できたとか」

何でもない口調でいった。

「あっ！」

思わず歩美は、悲鳴のような声をあげた。

もしそうなら、すべてに納得がいく。

極端な苛立ちは、それがはっきりわかっていないときで、それが機嫌のよさに変ったのは専門医から確証を得た結果。そう考えればすべての辻褄は合う。

「そうですね。それがいちばん、妥当な考え方ですね」

上ずった声の歩美に、

「ご主人は子供をつくりにくい体ではあるけれど、可能性は残されている。もしそこに、奇跡のようなものが訪れれば、二人の間に赤ちゃんができることは充分に考えられる——まあこれは、単なる仮説だけどね」

噛んで含めるように冬子はいった。

「奇跡ですか——」

「そう、奇跡。実は私も、その奇跡をずっと待っているんだけどね」

ふわっと冬子は笑った。

行介が天を仰いだ。

雅子の機嫌のよさは、今日もつづいている。

歩美の頭のなかは、先日冬子が口にした言葉でいっぱいだ。本当のところが知りたかった。何度も雅子に訊いてみようと思ったが、もし間違いだったら——それが怖くて実行に移すことはできなかった。

しかし、そろそろ我慢の限界だった。

何といっても自分は行介たちと違って、本物の小心小市民なのだ。この手の話を胸の奥に封印しておくのは無理だった。

幸い店のなかには、歩美と雅子の二人だけ。

客は一人もいなくて、店長は一時間ほど前から外出していた。

雅子はレジ台で、歩美は棚の整理だ。

時々様子を窺うが、今日も雅子は機嫌のよさを全開にしている。歩美は腹を括った。

もし本当に赤ちゃんができているとしたら、この先ずっと雅子の苛めはなくなる。そればかりか、子育ての先輩として自分を頼ってくることも考えられる。

歩美はゆっくりと立ちあがる。

勝負だ。

いつもの足取りでレジ台に近づき「あのう」と声をかけた。

「何、どうかしたの」

柔らかな声が返ってきた。

「あの、間違ってたらごめんなさい。ひょっとして雅子さん……赤ちゃんができたというか、何というか」

恐る恐るではあったが、口に出した。

「えっ、なんで。歩美さんは、なんでそう思うの」

上ずった声を雅子はあげた。

「その、何というか。雅子さんの顔が、お母さん顔になっているというか、優しくなっているというか」

口から出まかせを並べたてた。

「私の顔って、お母さん顔になってるの。それって本当に本当のことなの」

嬉しそうに訊いてきた。

「本当ですよ。私が妊娠したときと、同じ雰囲気を雅子さんは漂わせていますから。それで、ひょっとしたらと思って」

勢いこんでいうと、雅子の顔がぱっと弾けた。花のような顔だ。

「実は……」

雅子はちょっといい淀んでから、

「歩美さんのいう通り。本当に妊娠しているかどうか、ずっとはっきりしなかったんだけど、つい先日、産科の先生からオメデタですっていわれて」

はしゃぎ声でいった。

「それは、おめでとうございます。本当におめでとうございます」

歩美の本音だった。これでもう、雅子からの苛めは確実になくなる。すべてが丸く収まるのだ。

「そのこと、店の他の人には」

「店長には知らせてあるけど、他の人にはまだ。歩美さんだけ。でも、もうはっきりしたから、誰に喋ってもらってもいいわよ」

話してくれといわんばかりに、雅子はまくしたてた。

「そうですね。何たって、オメデタなんですから。みんな喜ぶと思いますよ」

追従（ついしょう）するようにいうと、

「そんなことより、私も来年は、お母さん一年生。歩美さんはもう、ベテランのお母さん。何かと教えてもらうことも出てくるはずだから、そのときはよろしく、お願いね。

本当に頼りにしてるんだから」

なんと雅子は歩美が想像した通りのことをいい、頭を深く下げて手を握ってきた。

「はいっ。私でお役に立つことなら、何でも遠慮なくおっしゃってください。私も一生懸命頑張りますから」

歩美は大きくうなずいてみせる。

「ありがとう、本当にありがとう」

雅子はちょっと湿った声を出し、

「ごめんね、いろいろと」

小さな声でつけ加えた。

そのあと、生まれてくる子は絶対に女の子だから、何という名前をつけようか、どんな服を着せようか、今は迷いに迷っていると、雅子の赤ちゃん談議が延々とつづいた。

そして、その日の夕方。歩美は、とんでもない光景を目撃した。

倉庫の奥で歩美が商品の確認をしていると、誰かが倉庫のなかに入ってくるのがわかった。特に理由はなかったが、歩美が体をひそめると、すぐに聞きなれた声が耳に入ってきた。

「本当にありがとうございます。これもみんな店長のおかげです」

これは雅子の声だ。

「いや、よかった。本当によかった。これからは体を労って、元気で丈夫な赤ちゃんを産まないとね」

店長の伊岡だ。

それからひそひそ声で、二人は何かを喋っていたが、すっとその声は聞きとれなくなった。しかしまだ二人は、倉庫のなかにいる気配だった。

そっと棚の隙間から覗いてみると——。

二人が抱きあっていた。

雅子は伊岡の胸に顔を埋め、伊岡は雅子の背中をなでていた。

歩美は混乱した。

これは単に歓びを分かちあっているだけなのか、それとも。歩美には判断のしようがない。

「誰かに見られても大変だから……」

やがて伊岡がいい、そっと雅子の体を離した。

瞬間、雅子が伊岡の首に両手を回し、唇を押しつけてさっと離した。軽いキスではあったけど、キスはキス……。

そのあと伊岡は店に戻り、雅子は化粧でも直すつもりか洗面所のほうに向かった。

歩美は、その場にへたりこんだ。

今のあれは、いったい何だったのか。

不倫という言葉が、胸の奥から湧きおこった。

しかし長年のつきあいがあれば、抱きあったり軽いキスぐらいはすることも……普通の考え方ではなかったが、絶対にないとはいいきれない。いずれにしても伊岡と雅子は濃密な関係。これだけは、いえそうだった。しかし、もし二人の関係が正真正銘の不倫の間柄だったとしたら。

雅子の腹のなかの父親は、伊岡――。

そう考えれば、雅子の突然の妊娠も、雅子に対する伊岡の甘さも容易に納得はできる。しかし、そんなことが。歩美の頭のなかは、堂々巡りをするばかりだった。


帰り道、歩美は珈琲屋を訪れた。

雅子の件だ。自分一人の胸に納めておくのは事が重大すぎた。行介たちの意見が聞きたかった。それに歩美には、ひとつの危惧があった――。

扉を開けると、今日は島木も冬子もカウンター席にいた。

「ブレンドください」

と行介にいって、歩美はそのまま黙りこんだ。何をどう話したらいいのか頭のなかで整理を始めるが、結局見たままを話すのがいちばんいいと判断してコーヒーの出来あがりを待った。すべてはコーヒーを飲んでからだ。

「すみません。ちょっと大変なことがあって、みなさんの意見を聞きたいと思って。でも、コーヒーを飲み終えるまで、待ってください。お願いします」

固い声でいって背筋をぴんと伸ばした。そんな様子に島木と冬子が、興味津々の表情を向けてきた。

熱々のコーヒーがカウンターに置かれ、それを歩美は息を吹きかけながら、いつもより速いペースで飲んだ。コーヒーの味を楽しむ余裕はまったくなかった。

「何ですか、歩美さん。そのちょっと大変なことというのは」

しばらくして飲み終えると、早速島木が声をかけてきた。冬子も歩美の顔を凝視していた。行介はいつもの仏頂面で腕をくんでいる。

「実は――」

歩美は倉庫で見たことのすべてを詳細に話した。時々つまりながらではあったけど。

「それは」と話を終えて、最初に声をあげたのは島木だ。

「不倫ですね。いくらつきあいが長いといっても、ハグはともかくキスというのは尋常ではありません。それに雅子さんが店長にキスをしたとき、その店長が驚かなかったというのも、ひとつの証拠といえます」

島木が穿ったことをいった。

「でも、こういう見方もあるわ」

これは冬子だ。

「私も不倫には違いないと思うけど、それはずっと過去のことで現在はつづいていない。でも、いくら過去のことといっても、かつてはそういう間柄。何か特別のことがおきたときは、キスぐらいはする。ということも考えられるんじゃないの」

冬子のいうことも、もっともだった。しかし、そうなると子供の件は、どうなるのか。冬子に訊いてみると、

「そうね、それがいちばん重大。先日も歩美さんにいったように、それは奇跡としか考えようがない。でも可能性はあるとしても、御主人の確率は低いなあ。私は、そうであってほしいけどね」

といって首を傾げた。

それからも話はつづいたが、結局は島木のいった現在の不倫説と、冬子の主張する過去の不倫説の二つに要約された。

「ところで、行ちゃんはこの話、どう思っているの」

それまで黙って話を聞いているだけで一言も口を挟まなかった行介に、冬子が言葉を投げかけた。

「俺は……」

行介が口を開いた。

「キスは嬉しさと感謝の表れで、二人の間には何もないと信じたい。それに正直にいえば、たとえこれが不倫であったとしても、生まれてくる子供には罪はない。いちばんいいのは、そっとしておいて成り行きに任せる。何たってこれは極めて個人的なことなんだから、他人があれこれ口を出すことじゃないような気がする」

仏頂面だった。

「確かに行さんらしい意見だな。大きな視点から見れば、それがいちばん正論ともいえるが、それにしてもこれが不倫の子ということになると、どこかにじわじわと違和感が生じてきて、いずれどこからか秘密が濡れて、ＤＮＡだの何だのともめることにもな」

島木が真面目臭った顔でいった。

「それも含めて、成り行き任せ――私は行ちゃんの意見に大賛成。やっぱりこれは極めて個人的なこと。それでもし、もめるようなことがあれば別れればいい。今では離婚なんて珍しいことでも何でもない。もっとも私と行ちゃんのように結婚もしてないと、離婚もできないけどね」

最後に冬子はちくりと、嫌みを添えた。

「あのう」

歩美は声をあげた。

「その成り行き任せはいいんですけど、私にはひとつ危惧があって……」

三人の視線が歩美に集中する。

「不倫なのか親愛の情なのかはわかりませんが、二人が抱きあってキスをしていたのは確かなことです。そして誰の子供なのかはわかりませんが、赤ん坊が生まれてくるのも確かなことです。これって、私が雅子さんの弱みを握ったということにつながりますよね。その弱みを武器にして私は……」

ここまで歩美がいったところで、島木が慌てて声をあげた。

「やられたら、やり返す。歩美さんの性格の核になっているその部分。それが表に出てくるんじゃないかと」

「はい。今日の倉庫での出来事を見て、よく考えた結果、私の胸の奥に勝ったという言葉が浮びあがったんです。これを雅子さんにつきつければ、あの人を、いたぶることができる。この半年間の仕返しを、思う存分にすることができる……私、こんな考えに取りつかれてしまって、それで」

歩美はうなだれた。

「私、嫌な女に、なりつつあるような気が……」

細い声でいった。

「それは……」

呻くような声を島木があげた。

「みなさんの意見を聞いて、私も成るように成るといった結論はよくわかるんです。でも私の嫌な性格が近い将来、それを突き破って……」

嗄れた声だった。

「すべての女性がみんな持っている、女のいちばん嫌な部分で厄介な性格」

ぽつりと冬子がいった。

「それは、俺のこの醜い手を思い浮べても、止めることはできないんだろうか」

行介が太い声を出した。

「立場が逆転してしまったんです。私は苛められる側から苛めるほうに回ってしまったんです。前のように苛められて落ちこんでいるときなら、その手は効果がありましたが、気持が昂って嫌な女になりつつある今では、それも」

周りが、しんと静まり返った。

「わかった。じゃあ、効くかどうかはわからないが、俺が歩美さんにオマジナイをしよう。もう、これしかない」

妙なことをいって、行介はのそりと厨房から出てきて、歩美の隣の席に座りこんだ。そしてケロイド状になった自分の右手を突きつけた。

「これから、この醜い手で歩美さんの背中をさすります。以前この方法で、人を殺そうとした人間を俺は止めたことがあります。だから、歩美さんにもこの方法が効けば嬉しいんだが」

そういって行介は歩美に背中を向けるようにうながした。いわれた通り、歩美は行介に背中を向けて座り直す。その背中を行介の分厚い右手がゆっくりと動き出す。

「そういえば以前、掌で優しく体をなでられると、オキシ何とかという幸せ物質が脳内に出てくるというのを、テレビで見たことがあります」

歩美はいった。

「私もそんな話を聞いた気がするな」

島木もうなずく。

冬子は何となく羨ましそうな表情で二人の様子を見ているだけで無言だった。

十分ほどたつと、歩美の心に変化がおきた。心の奥に暖かさがあふれ、そしてそれは幸福感のようなものに変っていった。

「とても、幸せな気分になってきました」

歩美は素直に、その気持を口にする。

島木も冬子も、今は無言で歩美の様子を凝視している。

歩美の心の奥の幸福感は、どんどん増幅され、それは背中から体の隅々にまで広がっていった。心のぎくしゃくした感じが希薄になり、安らかな思いが体中に満ちていた。

行介の行為は三十分以上つづいた。

「どうですか、気分は」

手を背中から離して訊く行介に、

「不思議ですけど、とても幸せで安らかな気分になることができました。ありがとうございます」

歩美の本音だった。

嫌な女には、なりたくなかった。

歩美にも子供がいて、家庭があった。

「じゃあ、もし嫌な兆候が出始めたら、俺の醜い手で背中をなでられた、この感触を思い出してください。どうにもならないかもしれませんが、とにかくやってみてください」

力強く行介はいった。

十分ほどして、歩美は珈琲屋を出た。

幸せ気分はまだはっきり、残っていた。しかしこれがいつまでつづくのか。そして、もし嫌な女の兆候が現れて、あのオマジナイが効かなかったら……そのときは、それも成り行きに任せるしか仕方がない。それがたとえ、悲惨な結果を招いたとしても。

「やられたら、やり返す。仕方がないじゃないか」

ぽつりと歩美は呟く。

どんな結果になろうと、成り行きは成り行きなのだ。どうせ自分は行介たちとは違う、本物の小心小市民――。

幸せな気分のまま、つい物騒なことを考えたが、歩美の心は不思議と落ちついていた。

二つの殺意

勢いよく扉を開けた。

「兄貴、元気ですか。売上げに貢献するために、またきましたよ」

できる限り陽気な声を張りあげてカウンター席に向かうと、見知らぬ女性の後ろ姿が目に入った。

イスに座って親しげに行介と言葉を交しているが、冬子ではない。

「こんにちは、兄貴——」

その女性の隣のイスに手をかけて横顔を窺うと、相当の美人だった。

「おう、順平。ちゃんと仕事には行ってるんだろうな」

ちらっと店の掛け時計に目をやり、行介が声を出す。まだ夕方の四時前だった。

「長距離で昨日の夕方から九州まで行って、ついさっき帰ってきたばかりですよ」

順平は口を尖(とが)らせていう。

「そうか、そいつは悪かった。で、いつものブレンドでいいんだな」

　順平がうなずくのを確認して、行介は手際よくコーヒーサイフォンをセットする。そんな様子を目の端で捉えながら「失礼します」と小さく声に出して、順平は女性の隣に腰をおろす。

「ああ、その人は近所で『伊呂波』というおでん屋をやっている、江島理央子さんだ。ここには今日で二回目という、ほやほやの常連さんだ」

　行介の言葉に、理央子は順平のほうに顔を向け「よろしくお願いします」とゆっくり頭を下げる。

「あっ、こちらこそ、よろしくお願いします。俺はこの近所のアパートに住んでいる山路順平といいます」

　少し上ずった声を順平はあげた。

　正面を向いた理央子の顔は、やっぱり美しかった。際立っていた。

「どうだ、順平。綺麗な人だろう」

　行介が珍しく軽口を飛ばした。

「それは——」

　順平は一瞬言葉をのみこみ、

「綺麗すぎます」

　掠（かす）れた声で口にした。それ以外の形容は頭に浮ばなかった。

「まあ、ありがとうございます」

理央子がふわっと笑った。

美しさに可愛らしさが加わった。

何か言葉を返そうと考えていると「それじゃあ」といって理央子が立ちあがった。

「そろそろ店の仕度をしなければならないので、このへんで」

行介に向かって声をあげた。

「そうですか。俺もそうですが、一人で店のきりもりをするのは大変ですね」

ざっくばらんな調子でいう行介に、

「行介さんも、店のほうにまた、顔を出してくださいね」

柔らかな声で理央子はいう。

「ええ、島木の野郎と一緒にうかがいます」

鷹揚（おうよう）に答える行介に、

「島木さんにこだわらず、お一人でもいいですし、この若い方とご一緒でもいいですから、必ずいらしてくださいね」

理央子はこんなことをいって、ちらりと順平の顔に視線を走らせた。

どきりとした。

目に力があった。

一瞬の凝視だった。

「いらっしゃるときは、連絡をお願いしますね。そうでないと、いいお席を用意できませんから。さっき番号を交換した、ケータイのほうでかまいませんので」

行介と理央子がケータイの番号を交換……順平の胸に嫌な疑念が湧きあがる。

「そうします」

という声と同時に理央子は代金を置き、カウンターから離れた。ちりんという扉の鈴の音を耳にしたとたん、順平の口から小さな吐息がもれた。

「どうした、順平。美人の毒気にでも、当てられたか」

行介の声が響き「熱いから気をつけてな」という言葉と一緒に順平の前に、湯気のあがるコーヒーが置かれた。

「どうも、そうらしいです。冬子さんもそうですが、美人というのはそれ相応の毒気のようなものを持っていますね」

ぽろりというと、

「冬子にも毒気があるか」

笑いながら行介が口に出した。

「すみません――近頃は慣れてきましたけど、冬子さんが本気になって話をすると、けっこう迫力があります。正直なところ、時々怖くなることも」

本音を口にすると、

「そうか、冬子は怖いか、なるほどな」

独り言のように行介がいった。

「あっ、申しわけないです。勝手なことを並べたてて」

慌(あわ)てて順平は頭を下げる。

「いいさ。実のところをいえば、俺も冬子は怖い。かなり怖い」

嘘か本当か、わからないことを行介はいってから、

「それは、それとして。さっき理央子さんはお前を名指しで店にくるようにいっていたが、どうだ、一緒に行ってみるか」

思いがけないことを、口にした。

「えっ、連れていってくれるんですか。いいんですか」

「一人で行くより二人のほうが、毒気の当たりは少なくなるだろうからな」

行介が笑いながらいった。

「それはまあ、そうですね」

順平も苦笑を浮べ、

「あの、俺、兄貴にひとつだけ訊きたいことがあるんですが」

ざらついた声を出した。

「さっき、理央子さんは兄貴とケータイの番号を交換したといってましたが、二人の仲というか、そのへんの関係というか、それは……」

つまりながら順平はいった。むしょうに気になった。

「邪推するな、順平」

すぐに行介は凜とした声をあげ、順平の前に、あの醜く(みにく)ケロイド状になった分厚い右手を出した。

「確かに理央子さんは俺に関心を持っている。しかし、理央子さんの関心は俺自身ではなく、この醜い右手だ。つまりは俺の過去で、あの忌しい出来事だ。お前の考えているような、浮ついた話じゃない」

険しい表情の行介に、

「ああ、あのことに」

唸る(うな)ような声を出して、順平はうつむいた。

「あの人は心の奥に、途方もなく深くて暗い闇を抱えている。それが何かはわからないが、その闇の部分が俺のこの醜い右手に……そういうことだ」

噛んで含めるように、行介はいった。

あの人は闇を抱えている、それも途方もなく深い闇を……ということは、さっきの一瞬の凝視は。理央子と同じような闇を順平自身も持っていることを敏感に察して……そうとれないこともなかった。

「順平、ひょっとしたら、お前も理央子さん同様、深くて暗い闇を抱えてるんじゃないのか」

顔をあげると、妙に据った目が順平を見ていた。何かを感じとっている目だった。

「やだなあ、兄貴――俺は見た通りのちゃらんぽらんな人間で、そんな大それたものを抱えられるような身分じゃないですよ」

へらっと笑って、おどけた口調で順平は答えた。

「見た通りの、ちゃらんぽらんなあ……」

独り言のように口に出す行介に、

「そんなことより、兄貴。理央子さんの店にはいつ連れていってくれるんですか。善は急げで、俺は今日でもいいんですけど」

順平は話を切り換えた。

「それは駄目だ。お前は九州から帰ったばかりで疲れている。そんなお前が今夜伊呂波に行って、酒をがぶ飲みすれば明日の仕事に差し支える。いくら運転はしない助手席勤務といっても、いいかげんな仕事をして事故でもおこせば大変なことになる。行くなら別の日だ」

行介らしい、真面目(まじめ)すぎるほどの意見だった。

「いや、俺はまだ若いから……」

愚痴るように順平はいってから、

「でもまあ、考えてみればその通りですから、後日ということに。体調万全な日を選んで、兄貴のケータイに連絡します」

納得の言葉を出した。

「わかった。なら、飲め。多分もう冷めかかっているだろうが」

目顔でカウンターの湯気のあがっていないコーヒーカップを指した。

「あっ、忘れてた。すみません」

順平は慌ててカップを手にし、ごくりと喉の奥に流しこむ。

行介のいうように冷めていた。


五時半に仕事を終え、伊呂波に行くために『珈琲屋』を訪れると、今日はカウンター席に冬子がいた。

「順平君、何だかいつもより楽しそうね」

ブレンドを頼んで冬子の隣に腰をおろすと、早速言葉が飛んできた。

「あっ、いや。そういうわけでは。俺としては、いつもとまったく同じというか」

弁解の言葉を口にすると、

「でも、顔が緩んでる。心が弾んでる——順平君のすべてが、早く美人の理央子さんに逢いたいって叫んでる」

行介から聞いたらしく、面白そうに冬子はいった。

「それはまあ、何といったらいいのか」

順平は肩をすぼめる。

「そんなに理央子さんには逢いたがっているのに、私とは怖いから逢いたくない——これって、少しむかつくんですけど」

冬子の言葉に思わず行介の顔を見ると、困ったような顔をしながらも嬉しそうだ。

「兄貴、そんなことまで喋ったんですか」

「すまん。つい口が滑った。しかしまあ、いいじゃないか。誰もが認める、本当のことなんだから」

「本当のことって何よ。誰もが認めるって何なのよ」

じろりと冬子が行介を睨(にら)んだ。これで矛先が行介に向かうかと思ったら、

「いったい私の、どこが怖いのよ」

と順平に訊いてきた。

「ああ、それは言葉が皮肉っぽいというか、一言多いというか」

つかえながら声を出す。

「そりゃあ、仕方ないわよ。何たって私は報われない人生を送っている身なんだから、それくらいは」

また、じろりと行介を睨みつけてから、冬子は突然こくっとうなずき、

「ああっ、これが皮肉っぽいというか、一言多いというか——そういうことなのか」

といって、肩を落とした。

「じゃあ、冬子。これからは一切、それをあらためるか」

行介が嬉しそうにいった。

「ううん、あらためない」

すぐに冬子の口から、否定の言葉が飛び出した。

「私がこれを我慢したら、ストレスの発散場所がなくなって、かえってみんなに迷惑をかけることになる。だから、みんなには我慢してもらうしかない。そういうことなので、よろしくお願いしまあす」

冬子はぺこりと頭を下げてから、にこっと笑った。可愛い顔だった。

悪気はないのだ、この人は——そう思った瞬間、楽しくなった。

「はい、我慢します。だから冬子さんは遠慮なく、皮肉や文句を周りにぶつけてください。ねえ、兄貴」

とたんに行介の顔に困惑の表情が浮ぶのがわかった。

「えらい。さすがに今まで、泥水をくぐってきたことはある。ところで、その順平君は理央子さんに一目惚れ。そういうことなの」

一目惚れ——。

今まで考えたこともない言葉だったが、ひょっとしたらそういうことかもしれない。先日、理央子を見た日から、順平の脳裏にはその白い顔が張りついたまま離れなかった。行介の口にした、あの人は途方もなく暗い闇を抱えている——この言葉のせいかとも感じていたのだが。

「そうかもしれません。あれから理央子さんの顔が頭から離れないのは、事実ですから。冬子さんのいう一目惚れなのかも」

恥ずかしさを抑えて、順平は口にした。

胸の奥が疼くような感覚だった。

「そうなんだ。でも、前途は多難。あの店に来るお客のほとんどは理央子さん目当てのようだから。ライバルは多いわよ」

「それは、大丈夫です」

腹の底から順平は声を出した。

「俺は半グレあがりの、前科者です。そんな半端者が普通の女の人を、どうこうしようなんて爪の先ほども思っていません」

順平はごくりと唾をのみこみ、

「ただ、見てるだけでいいんです。あの人が幸せになれるように、見守っているだけでいいんです。自分の分というのは、ちゃんとわきまえています。悲しいけれど、俺はそれで満足です」

一気にいった。

順平の本音だった。

自分が並以下の人間であることは、充分に承知していた。ただ見守るだけ。それ以上を望むのは恥知らずだと思った。

「恋に分なんて、関係ない」

とたんに冬子が吼えた。

「どんな立場であっても、どんな悪いことをしていても、恋は相手を選ばない。突然、胸が締めつけられて、誰かを好きになる。それが恋というもの。そこには何の打算も計算も存在しない。ただひたすら、好きなだけ。恋は、神様が人間に与えてくれた唯一公平で公正なもの、私はそう思う」

そういって、冬子は大きく肩を上下させた。

「お願いだから、行ちゃんと同じようなことをいわないで。理央子さんのことが心の底から好きなら、順平君だけは、そのまま何も考えないで突き進んで。そうでないと悲しくなるから」

　最後の言葉が掠れた。

　冬子の両目は潤んでいるように見えた。

　沈黙の時間が流れた。

　順平の前に、そっと湯気のあがるコーヒーカップが置かれた。そして冬子の前にも湯気のあがるコーヒーカップが。

「ほら、冬子。これを飲んで」

　柔らかな声を行介があげた。

「うん」

　こくんと冬子が、うなずいた。


　行介と一緒に伊呂波に行くと、まだ七時前だというのにカウンターは客で埋まっていた。すべて、男の客だった。

「あっ、いらっしゃい、行介さん」

　理央子の愛想のいい声があがり、順平と行介は奥の端っこの席に通された。これが前に行介のいっていた特等席だ。

「順平さんも、よくいらしてくださいました。ありがとうございます」

笑いかける理央子に、順平の胸は大きな音をたてた。ちゃんと、名前を覚えていてくれた。それだけで順平は嬉しかった。半グレ時代は武闘派で、女性は苦手だった。女性とのつきあいもほんのわずかで、長つづきをした相手もいなかった。

順平と行介はおでんは理央子におまかせにして、瓶ビールを頼んだ。

そして理央子は二人のコップにビールを満たし、

「お相伴――」

といって自分のコップにもビールを注いで乾杯にもつきあってくれた。

そんな理央子の行動は珍しいのか、周りの客たちが羨（うらや）ましそうな目つきでこちらを見ていたが、誰も何もいわなかった。

しかし、カウンターのちょうど真中あたりに座っていた中年の男が、挑むような目で行介を見ているのがわかった。体の大きな筋肉質の男だった。

いくら特等席といっても、順平たちばかりを構うわけにはいかない。それでも理央子は何度も順平たちの前にきて話をしていった。

何度目かのとき、理央子は順平にこんなことを訊いた。

「珈琲屋さんでは兄貴と呼んでたけど、順平さんと行介さんの関係はいったい……」

きらきら光る目だった。

「それは、つまり」

順平がいい淀んでいると、

「同じ臭いメシを食った仲間です」

さらりと行介がいった。

「ああ、やっぱり。実は私もそうじゃないかとひそかに――」

落ちついた声だった。

「すみません。隠すつもりはなかったんですけど、何となくいいづらくて」

順平は頭をぺこりと下げ、

「少し前に出てきました。暴行傷害で刑期は三年」

と小さな声でつけ加えると、

「それは、まだ若いのに、ご苦労様でした」

労(ねぎら)いの言葉を理央子は口にして、真直ぐ順平の顔を見た。あの顔だった。一瞬の凝視

……やはりこの人は深くて暗い闇を抱えている。順平はそう確信した。

重い空気が周囲をつつんだ。

「あの、失礼なことをお聞きしますが、理央子さんはおいくつなんですか」

そんな空気を追いやるように、順平はわざと不躾な質問を理央子にぶつけた。

「まあっ」

理央子は一瞬驚きの表情を浮べ、

「女性の年は秘中の秘。でも心配しないで、順平さんよりはずっと年上ですから――残念でした」

こう口にして、わずかに笑みを浮べて順平の前を離れていった。その細い背中を見ながら、順平は忙しく頭を働かせる。理央子が最後に口にした、残念でしたの意味がよくわからなかった。

普通の意味で捉えれば、こんな年上を好きになっても洟も引っかけないからというのが妥当だが、こんなに年上で、あなたにとっても自分にとっても、とても残念――こうとれないこともない。少し自惚れの強い考え方だが、何といっても理央子と自分は同じような闇を抱えた仲間ともいえる存在なのだ。そう考えても……。

「どうした、嬉しそうな顔をして」

隣の行介が声をかけた。

「いえ、やっぱり理央子さんは、ずば抜けて綺麗だなと思って」

そう答えてごまかした。

「そして理央子さんは深い闇を抱え、同時にお前も、同じような深い闇を密かに抱えている。俺にはそんな気がしてならないんだが」

この言葉に順平は、行介が自分をこの店に誘った訳がわかったような気がした。

理央子に自分を直接ぶつけて、その深い闇のあれこれを引きずり出し、それを何とか阻止する。これが行介の狙い……だが阻止されては困るのだ。それでは自分の気持も道理も正義もどこかに吹きとんでしまう。

「だから、俺にはそんな深い闇なんてないですって。前にもいったように、いいかげんでちゃらんぽらんな人間ですから」

へらっと笑って、ビールをごくりと喉の奥に流しこんだ。

一時間ほど経ったころ、ちょっとした事件がおきた。

カウンターの真中あたりで、大きな音がして男が立ちあがった。乱暴な素振りだった。どうやら帰るつもりらしいが、立ちあがってから動こうとしないで、男は行介の顔を凝視した。

あの男だった。理央子と行介、それに順平の三人で乾杯をしたとき、睨めつけるような目で見てきた、体の大きな男。

「おい、人殺し」

男が怒鳴り声をあげた。

怒鳴り声の先には行介がいた。

その瞬間、店のなかの音も空気の流れも止まったように、しんと静まり返った。すべてが無音になった。

「てめえよ。大きな面して調子づいてると、痛い目にあうぞ。何なら、これからシメてやろうか。表に出るか」

大きな左右の拳を胸前で、がつんとぶつけるが、行介はじっと座ったままだ。

「商店街を地上げ屋から救ったかどうか知らねえけど、要するに頭に血が上って相手を殺っちまった、ただの殺人犯。そういうことじゃねえか、馬鹿野郎がよ」

そこまでいったところで、カウンターのなかの理央子が声を張りあげた。

「田崎さん。ちょっと失礼すぎます。口を慎んでください。それに店のなかで大声をあげたり、騒ぎをおこしたりするのは困ります」

理央子の顔は真青だった。

「だから、表に出ようとその人殺し野郎にいってるんだ。これは男と男のやりとりなんだから、女将は口出ししないでくれ」

田崎という男は、理央子に向かって今度は怒鳴った。

「何のやりとりだろうが、ここは私の店です。勝手なまねは許しません」

凛とした口調で理央子はいった。

そのとき、ゆっくりと行介が立ちあがった。

「その田崎さんという人のいう通り、俺はただの殺人者です」

行介はぼそっといってから、

「相すみませんでした」

田崎に向かって深く頭を下げた。

店のなかに、ほんの少し騒めきが戻った。

行介は頭を下げたまま、微動だにしない。

田崎の顔に徐々に困惑の表情が浮ぶ。どうしたらいいのか、わからない様子だ。

「じゃあ、そういうことで。今回のことはなかったことにして、田崎さんもこのままおとなしく帰って」

理央子が、場を取り持つような言葉を出した。

「そりゃあまあ、頭を下げてるやつをぶん殴るわけにもいかねえからな。しかし、これ以上調子づくようだったら、今度は本気でシメてやるから覚悟しとけ、人殺し野郎」

田崎はそういって、カウンターの上に一万円札を一枚投げつけて出入口に向かった。

「田崎さん、おつり」

理央子が声を張りあげると、

「いらん。祝儀だと思って、とっとけ」

肩を怒らせて外に出ていった。

すぐに理央子が行介の前に飛んできた。

「すみません、行介さん。不快な思いをさせてしまって」

おろおろと頭を下げた。

「いえ、あの田崎とかいう男のいったことは、みんな事実ですから不快な思いなんて、とんでもないことです。逆に理央子さんに迷惑をかけてしまって申しわけないと思っています」

行介はこういってから、

「あの男は、随分理央子さんにご執心なんですね。だからあんなことを口にしたんでしょうけど――いったいどういう人なんですか、あの人は」

田崎の人となりを訊いた。

「隣町にある土建屋の社長さんで、何かにつけて唯我独尊の人です。とにかく自分の思う通りにいかないと、すぐに腹を立てて周りに当たりちらすという。ですから、あの人の隣にはみんな座りたがらなくて……これまでも問題をおこしていて、正直なところ困っています」

溜息まじりに理央子はいう。

「思い通りにいかないというのは、理央子さんの心のことですか。一方的な恋愛感情の押し売りですか」

さらっという行介に、

「ええ、まあ――」

理央子はいい辛そうに口にしてから、

「人前などまったく気にせず、顔を合せるとすぐにくどいてきて——食事に行こう、ゴルフに行こう、旅行に行こうって。この前なんかは自分の愛人になれば金に不自由はさせない、贅沢三昧の生活をさせてやるから、こんなちんけな店などさっさとやめろと……正直いって、いらしてほしくないお客さんです」

田崎に対するあれこれがよほどたまっていたのか、今までの鬱憤を一気に吐き出した。そして、

「何かというと、すぐに体に触ってきますし、待伏せをされたことも何度か……」

低すぎるほどの声でいった。

それまで黙って話を聞いていた順平は両の拳を力一杯握りしめた。体中に怒りが溢れていた。

「それじゃあまるで、時代劇に出てくる悪代官のようなもんじゃないですか」

調子っぱずれではあったが、正直な思いが思わず口から飛び出した。

「どうですか、兄貴。ここは一番、あのくそ野郎をこらしめてやったら。二度とこの店に出入りできないくらいに」

さらに、こんな言葉が出た。

本音をいえば、順平は行介があの男を実際にぶちのめすところを自分の目で見たかっ

た。順平にとって行介は、唯一無二のヒーローだった。

「あの人は仕事柄、腕力も強そうだし、喧嘩には一度も負けたことがないと、いつもいってます。そんな人をこらしめるなんて、できるんですか」

理央子もどうやら、田崎のことに関しては腹に据えかねているようだ。

「兄貴なら大丈夫ですよ。何しろ喧嘩自慢の俺が、手も足も出なかったんですから」

と順平は話を始めた。

刑がきまって、順平が岐阜刑務所に送られた直後のこと。

懲役刑には所内での作業がついて回るが、順平は家具などを造る木工作業につくことになった。その作業場にいたのが行介だった。

寡黙(かもく)な行介は、与えられた仕事を無駄口ひとつ叩かず、ただひたすら黙々とこなしていた。普段の様子も模範囚そのもので、声を荒げたり、人に逆らったりすることは皆無だった。

そんな行介を前にして、順平は苛立(いらだ)ちをつのらせた。こいつは上からの受けを狙った偽善者だと思った。腹に据えかねた。順平は偽善者が大嫌いだった。

昼食後――。

「てめえを見てると、苛々してむかついてくる。俺はてめえのようなやつが大嫌いだ。勝負してやるから作業場の裏へこい」

一人でテーブルの前に座っている行介の前に行って順平はこう凄んだ。

半グレだった順平は三年ほど総合格闘技の道場に通い、突き技、蹴り技、関節技などを習得し、喧嘩には相当の自信があった。

「勝負か――」

このとき行介はぽつりとこういい、

「なら、まず腕相撲でもするか」

右腕をテーブルに乗せた。

ここまでされたら断ることはできない。

順平も行介の前に座りこみ、出された右手を右手でしっかりと握りこんだ。

大きくて分厚い手だった。

嫌な予感がした。

力をいれた。

びくともしなかった。文字通り、行介の右手は一ミリも動かなかった。順平は焦った。

渾身の力を右腕にこめた。駄目だった。

「行くぞ」

行介が声をかけた。

瞬間、順平の右腕は簡単に捻じ伏せられた。呆気なかった。

「腕相撲と喧嘩は違う。表に出ろ、クソオヤジ」

叫んで立ちあがろうとする順平より早く行介は立っていた。左手を座っている順平の右の肩に置いて押さえつけた。体が動かなかった。行介が柔道をやっていたことは所内の噂で聞いていたが、これほど凄い力の持主であるとは……。

「俺たちは罪を犯した。それなら、じたばたせずに淡々と罪を償っていくのが筋だ。それ以外に、ここでの過し方はない」

落ちついた口調で行介がいった。

しかし、だからといってここで屈服するわけには――こうなったら右手で行介の手を強引にはねのけてと考えたところで、右の肩に激痛が走った。行介の五指が順平の肩をわしづかみにしていた。万力で締められたような握力だった。

上目遣いに行介の顔を見ると、凄まじい目で順平を睨んでいた。鬼の目だった。強引に立ちあがれば胸倉をつかまれ、瞬時に床に叩きつけられる。へたをすれば首の骨が折れて死ぬ。背筋がすっと凍えた……順平は反撃を諦めた。

このときから、行介は順平のヒーローになった。

「そんなことが」

話を聞き終えた理央子が、感嘆の声をあげた。

「行介さんの目は、鬼の目なんですか」

「この人はイザとなったら、鬼になれる人なんです。だから、あんな男なんて兄貴にかかったらイチコロです」

順平は自分のことのように、胸を張った。

「じゃあ、行介さん。イザとなったら、私を助けてくれますか」

行介の顔を真直ぐ見つめて、理央子はいった。

「もちろんです。が、なるべくなら、そうならないように願っています」

行介は小さくうなずいた。

「ありがとうございます」

ぺこりと頭を下げた理央子は、

「行介さんの目は、鬼の目……」

独り言のように呟いた。


カウンターで、島木が息まいている。

あの件だ。行介と二人で伊呂波に出かけた——。

「俺を抜きにして、二人だけで理央子さんの店に行くってどういうことだよ。ちょっと筋が違うんじゃないか。ええっ、行さんよ」

いつもの温厚な顔つきとは違い、やけに真剣な表情だ。

「そう怒るな、島木。さっきもいったようにこの店にやってきた理央子さんが、この若い人とご一緒でもいいですから必ずきてくださいと、わざわざ順平を指名していったんだから、仕方がないだろう」

苦笑を浮べて行介はいう。

「そこだ。俺がいないときに理央子さんが、この店にやってくるということ自体、俺は気にいらん。くるなら、俺がいるとき。そうでなきゃ、おかしいだろう」

屁理屈じみたことをいい出す島木の顔を、順平は呆気にとられた思いで見る。

「それにだ。初対面の順平君を、なんで理央子さんはわざわざ店にきてくれと誘うんだ。それも俺にはわからない」

「島木、それはなあ、順平は俺たちと違って若い。若いというのは、いいもんだ。これだけは俺たちが逆立ちをしたってかなわない。そうじゃないか」

むにゃむにゃと行介は言葉を出す。

「そこはまあ、一理あるということで譲るとしてもだ。なんで俺を一緒に誘わなかったのかというのが、いちばんの問題だ。二人行くも三人行くも、そんなに変ることはないだろう」

島木が語気を荒げた。

「それは、順平が理央子さんに一目惚れしたようだったからな。お前と違って、本気で一途な恋のように俺には思えた。どうだ、納得できたか、商店街一のプレイボーイの島木さんよ」

嬉しそうに行介がいうと、

「いや、俺だって女性を好きになるときは、いつでも本気というか、真面目というか、ひたむきというか……」

島木の語尾が掠れた。

「お前も女性と対するときは、そうなんだろうが——しかし、同じ思いだとしても、やっぱり若い順平のほうが光り輝いているのは確かなことだ。それに順平を連れていったのには、もうひとつ別の思惑もあってな」

順平の胸がざわついた。

あのことだ。自分も理央子も同じような深い闇を抱えているといっていた。だから理央子に自分をぶつけてその反応を……おそらくこっちのほうが真の理由だ。

「何だよ、その別の思惑っていうのは」

島木が身を乗り出した。

「あえて聞かせるようなことじゃないから、気にするな。そんなことより島木、店ではけっこう、理央子さんは順平に気を遣っていたというか、関心を寄せていたぞ」

行介は話を変え、思いきったことを口にした。

が、これも万更嘘ではない。

一瞬を凝視するような目だ。あの様子を行介はきちんと見ていたのだ。

「それはいったいどの手の関心を……なあ、順平君。真相はどうなんだ」

島木の矛先が順平に向かった。

「いや、俺にはわからないっすよ。俺なんて、どこからどう見ても、いいかげんそのものだし」

弁解の言葉を順平は慌てて口にする。

「確かに順平君は、どこからどう見ても、いいかげんそのものではある」

ずばりと島木はいいきって、

「しかし、色恋というのは、そういうものの埒外から始まると、古今東西、神代の昔から決まっている。そしていちばん厄介なのは、女性というのは、とてつもない知力と思考を備えた予測不能の持主であるということだ」

あとを独り言のようにつづけ、冷めたコーヒーをがぶりと飲んでから天井を睨みつけて腕をくんだ。そして、

「よし、わかった。順平君、今度は行さん抜きで私と二人だけで伊呂波に行こう。そのとき理央子さんがどんな態度をとるか、私がしっかり検分して本意を探ってみる。どうだ」

島木がじろりと順平を見た。

「はあっ、俺はいいっすけど」

順平は素直に答える。

「まず第一関門が、案内されるのが行さんと一緒に行ったときのように、特等席かどうかということだな。特等席なら、関心大いにありということになるが、その逆なら
——」

ここまでいって島木は、ぴたりと口を閉ざした。どうやら案内されるのが特等席でないときは、島木に対しても理央子は関心がないということに気がついたようだ。

「何にしても物事をはっきりさせない限り、次の策を練ることもできないからな。ここは歯を食いしばって運命に身をゆだねることにしよう」

大げさなことをいって、島木はこほんとひとつ空咳をしてから「ところで順平君」と重い声を出した。

「君は本当に理央子さんに、一目惚れをしたのか、本当に心の底から好きになったのか。どうか正直に答えてほしい」

そういってから、なんと島木は順平に頭を下げてきた。

驚いた。女性というものに対する島木の思いの深さが伝わってくるような態度だった。

「はいっ、正直に答えます。最初に理央子さんを見たときから、胸が騒ぎました。こんな経験は今までしたこともなかったので、これが何なのか始めはわかりませんでしたが、やがてこれが恋だということに気がつきました。恥ずかしい話ですが、俺は今まで恋というものをしたこともなく、つまりこれが俺の初恋というか、本物の恋というか……」

一気に言葉を出した。

順平の本心だった。

近頃は何も考えていないときでも、心のどこかに理央子の顔がちらついて離れないという状況がつづいていた。

そして、理央子のことを考え出すと胸が疼いた。いや、疼くというより痛かった。胸が熱くなり、火のように燃えあがって切なさが体の全部をつつみこんだ。

「そうですか、本物の恋ですか」

ぽつりと島木がいった。

「やっぱり、そうか」

これは行介の声だ。

「実るといいな、順平」

「いえ、実らないほうがいいです」

順平は疳高い声をあげた。

「俺は半グレあがりの半端者。おまけに刑務所(ムショ)帰りの前科者です。そんな俺に、あの人を好きになる資格はありません」

順平はちょっと言葉をのみこみ、

「だから、見ているだけでいいんです。遠くからじっと、あの人が幸せになるのを見ているだけで。それが俺の本望です」

叫ぶようにいった。

いったとたん、順平の全身を悲しみが襲った。悲しくて悲しくてしようがなかった。鼻の奥が熱くなるのを感じた。

「見ているだけでいいって、それじゃあ、まるで……」

島木が驚きの声をあげた。

「はい、中学生のような恋ですが、俺はそれでいいと思っています」

「今時の中学生はもっと進んでいるよ。私には、小学生の恋のように思えるんだが」

嗄(しゃが)れた島木の言葉に、

「それでいいんです、本当に。俺は尊敬する兄貴のような生き方に徹しようと、心に決めてますから」

自分にいい聞かすように声に出した。

「待て、順平」

吼えるような行介の声が聞こえた。

「このあいだの、冬子の言葉を忘れたわけじゃあるまい」

——どんな立場であっても、どんな悪いことをしていても、恋は相手を選ばない——恋は神様が人間に与えてくれた唯一公平で公正なもの、私はそう思う。

自分を抑制する順平に、冬子はこういったのだ。

「でも、冬子さんのあの言葉は、俺にというより、兄貴に聞かせるために」

「そうだな。確かに俺を意識してのものかもしれん。しかし、それ以上に、冬子の胸にはお前に幸せになってほしいという気持があって、それがあの言葉になったものだと俺は思っている。冬子はけっこう、情に厚くて純粋だからな」

行介の本音のように聞こえた。

「そうかも、しれませんけど」

呟く順平の声を追いやるように、行介が凛とした声をあげた。

「お前は俺と違って、人を殺してはいない」

周りが、しんと静まり返った。

「人を殺していないお前は、獣にはなりきっていない。それにお前は、まだ若い。やり直しをするに充分な時間もある。だから真面目に一生懸命働いて、真面目に一生懸命恋をして幸せになれ」

優しそうな目が順平を見ていた。

「兄貴、違うんだ、俺は、俺は」

思わず、言葉がほとばしり出た。

「俺は間接的に、人を殺しているんだ」

ようやくいえた。

「……間接的にって、それはどういうことなんだ」

怒鳴るような行介の声が響いた。

鬼の目が順平を見ていた。

が、順平にとっては、それが仏の目にも見えた。このとき順平は、あの傷害事件のその後を行介に話そうと思った。そう、その後の出来事だけを……。


順平は島木と肩を並べて、伊呂波に向かって歩いている。

心の全部が騒いでいた。理央子と何とかなろうなどとは夢にも思っていないし、遠くから理央子の幸せを見守っているだけでいいといった言葉も嘘ではなかったが、それでも順平の胸の全部が騒いでいた。理央子との間に多くは望まなかったが、たったひとつだけ、嫌われることだけは避けたかった。

「順平君と私の二人が今夜行くことは昨日の夕方、きちんと理央子さんに伝えておいた。

その結果、さて、どこの席へ案内されるか——すぐにそれもわかることになるが、仮に悪い席に案内されたとしても、決して気落ちしないように。何たって女性は簡単に本音を出さないからな。大らかな気持で、前進あるのみ。若者特有のパワーでどんどんとな」

背中をぽんぽん叩きながら、島木は励ましの言葉を出すが、順平には「ええ、まあ」ぐらいしか答えられない。だが正直なところ、できればあの特等席に順平は座りたかった。厚かましいことはわかっていたが、今夜ぐらいは楽しく過したかった。

伊呂波の前に立った。

「行くぞ」

と島木は声をかけ、勢いよく引戸を開けた。

わっと熱気が順平の顔に押しよせた。

「あっ、いらっしゃい。島木さん、順平君」

すぐに理央子の愛想のいい声が耳を打つ。そして順平の呼び方が、「さん」から「君」に変っていた。それがいいのか悪いのかは、よくわからないが。

「こんばんは」

順平はぺこりと理央子に頭を下げてなかを窺うが、今夜もほとんどの席が客で埋まっている。

二人分空いているのは……順平の目は店のなかを見回すが、湯気と薄明りのせいもあってよくわからない。そんなところへ、

「島木さん、順平君、奥の席のほうへ、お願いします」

理央子のよく通る声が響いた。

順平の胸が、どんと鳴った。

あの、特等席だ。

「はい、じゃあ、お言葉に甘えて」

島木は満面の笑みを浮べて、奥の特等席に向かって歩き出し、順平もそれにつづく。

席に落ちつくとすぐに理央子がやってきて、簡単な挨拶のやりとりと注文。おでんは理央子のおまかせにし、酒は瓶ビールを頼む。

おでんとビールはすぐにカウンターに並べられ、先日と同じように理央子は乾杯にもつきあってくれて、三人は景気よくコップをぶつけあった。

「また、手が空いたらきますから」

ビールを飲みほした理央子はこういって、二人の前から離れていった。

「順平君、大成功じゃないか。行さんがいなくても、特等席へご招待。破格の待遇としかいいようがないぞ。脈ありということになってきたな」

島木が順平の背中を、どんと叩いた。

「はい、まあ、確かにそうだとは思いますが、これは多分、理央子さんの優しさです。すてられて雨に濡れている子犬に、エサをやるような……俺にはそんな気が」

　順平の本心だった。どこをどうつついても、理央子が自分に好意をよせてくれる要素などあるはずがなかった。これは刑務所帰りの自分に対する、オナサケ。しかし、それでよかった。少なくとも自分は理央子から嫌われていない。それで充分だった。

「すてられた子犬だろうが子猫だろうが、何でもいいじゃないか。それに対してきちんとエサをくれるということは、私から見れば確実に脈はあるということになる。あとはこの後、どう攻めていくか、それ次第だと思う。とにかく、私は順平君の味方だから、大船に乗ったつもりで何でも相談してほしい」

　あの話をした後から、島木は変った。

　傷害事件の、その後の話だ。

　三年の懲役を務め終えた順平が、まっ先に向かったのは――あのとき、池袋駅前で偶然出会い、その界隈（かいわい）を一緒に飲み歩いて事件に巻きこまれた国本義人（くにもとよしと）という幼馴染み（おさななじみ）の友人の家だった。

　二人はその際、肩がふれた、ふれないで一人の男と諍い（いさか）になり、血気にはやった順平はその男を数回殴り、胸倉をつかんで突き飛ばした。

　突き飛ばされた男は、コンクリートブロック塀に体を打ちつけて昏倒（こんとう）。男は病院に搬送され、首の骨を損傷しているということで全治六カ月。順平はそのために懲役三年の実刑判決を受けた。

順平は刑務所に収容される前、面会にきた国本に、この後、怪我をおわせた被害者の容体をきちんと把握して見守ってやってほしいと強く念を押した。

その様子を確かめに、順平は国本を訪ねた。

国本はそのとき、こんなことをいった。

「まず見舞金、三十万円を持っていったが、みごとに拒否されて突っ返された、受け取らないというのなら仕方がないので、俺はその金を持ち帰った」

「突っ返されたって、お前、恩着せがましく金を差し出したんじゃねえだろうな」

順平がいうと、

「俺はごく自然に見舞金ですといっただけで、特にそんな態度をとった覚えはない」

何でもないことのようにいう国本の実家は、スーパーマーケットを何軒も経営している資産家だった。

そのため国本は鷹揚な性格の反面、時折り人を見下すような態度になることがあった。ひょっとしたら、そのときもそんな態度をとは思ったが、順平はそれにはふれず怪我をした被害者のことを訊いてみた。

「あの男は……」

国本はちょっと口ごもってから、

「死んだ――」

と短い言葉を出した。

衝撃だった。あの被害者が死ぬとは。わけがわからなかった。

「あとからわかったことだが、あの男は脊椎を損傷していて、怪我が完治しても容易に動くことができなかった。つまり、簡単にいえば半身麻痺（まひ）の状態だ。それでも少しは動ける可能性はあるということで、恋人らしき女がつきっきりでリハビリをしていたがなかなか効果が出ず、絶望して病院の屋上から飛び降りた。それで終りだ。一年半ほど前のことだ」

教科書を読むように、国本はさらりといった。

「飛び降りって、そんなこと……」

ざらついた声を順平が出すと、

「何にしたって、これで一件落着。長々と入院してくれるより、これで順ちゃんも俺も楽になったんじゃないか。まあ、相手には申しわけないけどな」

ほんのちょっと国本が笑った。

「てめえ、あれほど被害者の様子を見守ってくれって頼んでおいたのに、いったい何なんだ、このザマは、馬鹿野郎が。そのうち殺すぞ、てめえ」

さすがに順平も我慢できなくなり、怒鳴り声をあげた。

「このザマって、俺は頼まれたことは、きちんと果たしたつもりだけど」

順平の剣幕に恐れをなしたのか、国本も甲高い声をあげた。顔が真っ青だった。その様子に驚いたのか、奥から母親が飛んできた。

「義人さん、何かあったんですか」

言葉は穏やかだったが、順平を睨みつける顔は尋常ではなかった。

「今日はとにかく、帰ってくれないか。また会う機会は必ず持つから、必ず」

国本は震え声でいって母親のほうにちらりと目をやり、片手で拝むような素振りを順平にした。

「わかった。それじゃあ、またな」

順平はそういって、国本の家を出た。

しかし、それから何度連絡をとっても、国本は順平に会おうとしなかった。家に行っても門前払いで、こうなったらもう、どこかで待伏せするしかないと考えていたところに、国本家の顧問弁護士という男から連絡が入り、順平は都心の喫茶店で話をした。

「一言でいうと、国本さんはあなたをひじょうに恐れています。会えば何か危害を加えられるんじゃないかと怯えています。ですから、以後あなたには、国本家には接触しないでいただきたい。今日はそれを伝えに参りました」

乾いた声で顧問弁護士はいった。

「何を寝惚けたことをいいやがる。てめえ、自分が何をいってるのか、ちゃんとわかっているのか。被害者との喧嘩は国本と俺の二人でやったんだ。いわば共同戦線だ。国本にだって、その男が自殺した責任の一端はあるだろうがよ」

ドスの利いた声をぶつけた。

「もちろん、よくわかっています。そして、それ以上無礼きわまる脅し文句を並べたてるつもりなら、法に訴えることになりますから、そのおつもりで」

弁護士は極めつけの言葉を出し、

「それでは、よろしくお願いいたします」

といって、形ばかりのおじぎをしてその場を離れていった。

これで順平と国本との縁は切れた。

自殺した男の名前は、須藤昭（すどうあきら）、年は三十一歳。大学の法学部を出て、落ちても落ちてもアルバイトをしながら、毎年司法試験に挑戦しつづけてきた男だった。

「そんなことが、あったのか」

話を聞き終えた行介が、ぼそっとした声を出した。

「だから間接的な殺人か——しかし喧嘩はその国本という男と一緒に、二人でやったんだろ。たとえ突き飛ばしたのが順平君であっても、その国本という男にも、いかほどかの責任はあるはず。だから何もかも一人でしょいこむことはない気が私にはする」

首を振りながら島木がいった。

「責任云々より、お前はその亡くなった人のところに出所してから顔を出したのか。ちゃんと心をこめて詫びてきたのか」

行介が嗄れた声を出した。

「いえ、それはまだ」

うつむく順平に、

「行ってこい。罵しられても小突かれても、亡くなったその人の位牌にしっかり両手を合せて、誠心誠意まず謝るのが人間としての、お前のやらなければいけないことだ」

たたみかけるように行介はいう。

「わかっています。でも、それはまだできません」

否定の言葉を順平は出した。

「できないというのは、どういうことだ。つまらない見栄とか、安っぽいプライドとか、そんなものじゃないだろうな」

ほんの少し、行介の言葉に怒気が混じった。

「違います。そんなチャラっぽいことじゃありません。もっと真面目で切羽つまったことです。これは本当です。信じてください。お願いします」

悲痛な思いで順平はいった。

「そうか、真面目で切羽つまったことか──それで、その話を俺たちにしてくれる気はあるのか」

「あります。でも、もう少し待ってください。もう少しだけ……」

カウンターに額がぶつかるほど、順平は頭を下げた。

「わかった。なら、待とう。なあ、島木」

行介は島木に同意を求めた。

「もちろん、待つさ。しかし、それはそれとして──だからといって順平君が理央子さんを諦める必要はない。好きなら好きで、どんどんアタックすればいい。私はそう思う。たとえ、結果がどうであろうともだ。私は断固、順平君を応援する」

島木には珍しく、凛とした口調でいった。

「ということは、お前のほうが理央子さんを諦める……そういうことか」

「むろん、そういうことだ。いまの話を聞いた以上、順平君を応援しないわけにはいかん。行さんだって、そうなんじゃないか」

島木はじろりと行介を見た。

「俺のほうは保留といったところだな。何といっても順平にはまだ、隠しごとがあるようだから。その話を聞いてから、俺は態度をきめるつもりだ」

小さく首を振る行介に、

「そうか。じゃあ、とっておきの話を行さんにしてやろう」

島木はそういって、深呼吸をひとつした。

「俺は第二の冬ちゃんをつくりたくないんだ。そして、第二の行さんもな」

瞬間、行介の顔が歪(ゆが)むのがわかった。

しばらく沈黙がつづいた。

「そうか。そういう考え方も確かにあるな」

ざらついた声を行介は出した。

そして何の意味かはわからなかったが、順平に向かってほんの少しうなずいてみせた。

これが、あのときの一部始終だった。


「どうしたの順平君、浮かない顔をして」

考えこんでいた順平に優しい声が飛んだ。

顔をあげると、理央子が笑みを浮べて立っていた。

「あっ、こんないい席を用意してもらって、本当に申しわけないと思って。それでつい考えごとを」

慌てて順平は弁解の言葉を出す。

「あら、順平君って、案外真面目なのね」

理央子が軽口を飛ばすと、

「そう。この男は半グレあがりの刑務所帰りではありますが、根のほうは極めて真面目そのもの。その点はこの不肖島木が、太鼓判を押す所存ではおります」

島木は芝居がかった口上を述べてから、

「そんなことより私は、ひとつ理央子さんに訊きたいことが──以前理央子さんは特等席のことで、殺人を犯した宗田行介なら誰からも文句は出ず、許されるといっておられましたが、今日この席に座っているのは私、オジサン島木と若者順平の二人のみ。決して許されることのない人間でありますが、その点はいかに」

これも時代がかった口調でいって理央子を見た。

「それは簡単です。今夜はそういうことをぐちぐちいう面倒なお客の筆頭がいませんから」

簡潔明瞭に理央子はいった。

「面倒なお客の筆頭というのは、先日の田崎という……」

すかさず順平は、名前をあげる。

「そう。田崎さんは昨日きているので、今夜はこない。あの人はつづけてくることはまずありません――」

極上の笑顔を理央子が見せたところで、入口の引戸が音を立てて開き、大きな男が入ってきた。

「あっ」と理央子が悲鳴のような声をあげた。

噂の主の田崎だった。田崎はカウンター席の真中あたりに強引に割りこみ、

「おおい、女将。きてやったぞ」

大きなダミ声をあげた。

理央子は順平と島木に軽く頭を下げて、カウンターの中央に戻っていった。

「あれが、今話題になった面倒な客の筆頭か」

ささやくように訊く島木に、先日田崎と行介との間におきた出来事を、順平はざっと話す。

「そんなことが、あったのか。どうしようもないオヤジだな、あの男は」

島木はぐびっとビールを飲み、

「まあ、しばらくは二人でおとなしくビールでも飲んで時間をつぶそう」

諦め口調でいったとき、それが目に入った。

酌をするために突き出した理央子の右手を田崎の左手がつかんだ。持っていたビール瓶をもぎ取って乱暴にカウンターの上に置き、理央子の右手を両手でさすり出した。

「田崎さん、ここはそういう店じゃありませんから」

抗議の言葉を出す理央子を無視して、田崎の両手はつかんだ右手をなで回している。

理央子は何とか右手を離そうとするが、田崎の両手はしっかり握って離さない。

「あの男は馬鹿なのか。みんなのいる前で、あんなに嫌がっている理央子さんの手を……とても正気の沙汰とは思えん」

吐き出すように島木はいうが、順平にしても同じ思いだ。胸が泣き声をあげて軋んでいた。体中が熱くなり、居ても立ってもいられない状態だ。悲しかった。悔しかった。そして順平はこれが嫉妬だということに気がついた。

俺は、あの人が大好きだ。

そんな言葉が体中に響きわたっていた。

田崎は握っていた理央子の右手を、今度は自分の口のほうに持っていこうとした。おそらくキスでもするつもりだ。順平の胸がぎりっと音を立てた。

助けるのは自分の役目――順平は思わず腰を浮かせた。そのとき、理央子の右手が動いて、強引に田崎の両手を振り払った。

浮かせた順平の腰が、すとんと元に戻った。

「何だよ、女将、冗談だよ、冗談。これしきのことで、そんなに怒ることはねえだろうが。これでも俺は常連中の常連だぜ」

田崎の言葉を無視して、理央子は順平と島木の前にやってきた。

「大丈夫ですか、理央子さん」

島木が心配そうな口ぶりで声をかけた。

「ええ、まあ……」

ぼそっと口にする理央子の顔は、青ざめていた。そんな理央子に向かって、また田崎のダミ声が響いた。

「おい、もう一本ビールだ。すぐに持ってこい。すぐにだ」

理央子は田崎に背を向けて、知らん顔だ。

「今度何かあったら、俺が守ります」

順平の口から、こんな言葉がほとばしった。

「順平君が私を……」

理央子が真直ぐ順平の顔を見た。一瞬の凝視ではなかった。

両の目の光に何かが感じられた。何かは感じられたが、それがどんな思いを秘めているのか順平には見当もつかなかった。

「おい理央子。てめえ、そこで何を喋くってるんだ。客がこうして呼んでるのによ」

どうやら田崎は相当苛立っているようだ。

「そこにいるのは、このあいだの小僧じゃねえか。人殺しの子分のよ。そんな小汚ねえ小僧はほっといて、さっさとこっちへこい。二人で金になる話でもしようじゃねえか。てめえを俺の女にするためなら、金なんぞ、いくら出しても惜しくはねえからよ」

その言葉に順平の体が反応した。

ゆっくりと立ちあがった。

「喧しい、エロオヤジ。みんなの前で好き勝手なことをほざきまくりやがって、よくまあ恥ずかしくねえもんだな。本物の馬鹿か、てめえはよ」

順平の言葉に田崎の顔が真赤に染まった。

「てめえ、よくも俺に向かって、そんな生意気な口を。足腰立たねえ体にしてやるから、表に出ろ」

勢いよく田崎が立ちあがった。

「上等じゃねえか。軽く相手をしてやるから、かかってこいよ、エロオヤジ」

いいながら順平の胸に、不安の影がよぎる。

半グレ時代、順平が習ってきた格闘技の技は、打撃系のものがほとんどだった。あのガタイの大きな筋肉質の体に、はたしてパンチや蹴りが利くものなのか。

もし田崎が柔道でもやっていたら、一発二発殴っている間に体をつかまれ、固いアスファルトの道路に叩きつけられ、それで終了になる。しかし喧嘩は技の応酬ではない。極端なことをいえば命のやりとりだ。度胸と気力、何でもありの肉弾戦だ。とにかく勝ばいいのだ。

順平は腹を括った。

田崎がウオーッと吼えて表に飛び出した。

順平はゆっくり歩きながら、

「みなさん、警察に連絡するのはやめてください。この店に大きな迷惑をかけることになりますから」

といった。

表に出ると、田崎が仁王立ちで順平を見ていた。

「小僧、俺は柔道三段で、今まで喧嘩には負けたことがねえ。頭から叩きつけてやるから、楽しみにしていろ」

やっぱりこいつは、柔道をやっていたのだ。

「俺は喧嘩三段、てめえの体をぶっこわしてやるから、楽しみにしてろ」

順平も吼えた。

道路脇が店から出てきた客たちであふれた。

みんなが固唾を呑んで注視している。

田崎は低く腰を落して、両手を前に突き出した柔道の構えだ。順平はその田崎の前に両手を両脇にたらした格好で、無造作に近づく。一か八かの捨て身の戦法だ。

あと一歩で攻撃間合――。

田崎の顔に不気味な笑みが浮んだ。

順平は一歩、体を前に運んだ。

田崎の両手が順平の体に伸びる。

その瞬間、順平の右足が田崎の股間に飛んだ。右足の甲が確実に急所をとらえた。

金的蹴りが、みごとにきまった。

卑怯といわれるかもしれないし、格好のいいやり方ではないかもしれない。しかし、喧嘩の一番の目的は、相手に勝つこと。卑怯もへったくれもなかった。

田崎の体が前のめりになり、どうと倒れた。

とたんに見物人から歓声があがり、拍手が鳴り響いた。やはり田崎は他の客から、徹底的に嫌われていたようだ。

順平は倒れている田崎の体を仰向けにし、両頬を平手で何度も叩いた。意識を戻した田崎は股間に激痛があるのか、顔が歪んでいた。

「俺は懲役も厭わねえし、死ぬことも厭わねえ。つまりは相手を殺すことも厭わねえという厄介者だ。そんな俺とてめえ、命のやりとりをつづけていく度胸があるか」

いい終えた順平は、右手で田崎の喉をつかんだ。田崎が慌てて首を左右に振った。怯えていた。

「聞きわけがよくて、けっこうなことだ」

　ぐいと力をいれた。

　ぐえっと田崎が声にならない悲鳴をあげた。

「なら、この店にはもうくるな。もし顔を見せれば俺は躊躇（ちゅうちょ）なく、あんたを殺すことになる。躊躇なくだ」

　田崎が首をがくがくと縦に振った。

「わかったら帰れ。さっさと、消えちまえ」

　順平の言葉に、田崎は慌てて立ちあがった。

　ふらふらと暗い夜道を歩き出した。

　そんな田崎の姿から視線を店の前にやると、理央子がいた。順平を見ていた。凝視だった。何かの感情を秘めた目だった。

　そのとき順平の脳裏に何かが閃（ひらめ）いた。

　すべてがわかった。そして、すべてを理解した。


　順平は六畳間のアパートの真中に、仰向けに寝て天井を見ていた。

　あれから店に戻り、何事もなかったような顔で三十分ほどビールを飲んで、おでんをつついた。そして、島木をせっついて店を出た。

あの理央子の凝視する目。

あれが何であるか、あのとき順平は確かに理解した。理央子の思いのすべてがわかった。

あの目にこめられているのは、憎悪だ。そして、その憎悪の奥には殺意。

おそらく理央子は、順平と国本の二人が喧嘩の末に突き飛ばした須藤昭の恋人——理央子は須藤を全面的にバックアップし、二人は励まし合いながら司法試験突破の夢に突き進んでいたに違いない。

その須藤が半身麻痺になり、それからはこれも二人で何とかこの状況を乗りこえようとリハビリに取りくんでいたが……須藤は病院の屋上から飛び降りて自らの命を断ち、理央子は一人残された。

理央子の憎悪は、元凶である池袋の喧嘩で須藤を突き飛ばした、順平に向かった。そして刑期を終えてこの町に住みついた順平を追って理央子もこの町に移り住んだ。

目的は復讐——順平を殺すためだ。

このすべてを順平はあのとき、理央子の凝視する目を見て一瞬で理解した。そう、わかったのではなく理解してしまったのだ。

事件のことは当時新聞にも載り、週刊誌やテレビのワイドショーでも「若者の理不尽な暴力」として取り上げられた。当然、理央子は裁判も傍聴しているはずで、順平の名前を覚えていた。いや、忘れられるはずがなかった。

そして皮肉なことに順平も、ある殺人を犯すために、この町にやってきたのだ。この町には人を殺し、刑に服して戻ってきた行介がいた。順平は行介が好きだった。行介のそばにいて、これから自分が犯す殺人という概念を何とか具体的につかみとろうと試みた。

順平の殺人の相手は、国本義人。

国本は順平があれほど被害者の須藤の状況を見守ってやっていてくれという頼みを簡単に反古(ほご)にした。さらに須藤が飛び降り自殺をしたことに関して「これで順ちゃんも俺も楽になったんじゃないか——」といって笑ったのだ。

許せなかった。許せるはずがなかった。

実は……。

頭に血が上り、須藤を殴って突き飛ばしたのは順平ではなく、国本だった。順平は国本の罪を肩代りしたのだ。

あのとき……。

「順ちゃん、頼む。順ちゃんは半グレで刑務所なんかは慣れてるだろうけど、俺はそんなところは初めてで絶対に行きたくない。そんなところへ入れば、俺の将来もめちゃくちゃになる。だからここは——」

国本は必死になって順平に、罪の肩代りを頼んだ。むろん、被害者にはできる限りのことはするし、順平が刑務所から出てきた際には、きちんと将来の面倒も見るともいった。

自分の将来などはどうでもよかったが、順平は小中学校時代、国本に受けた恩があった。ささいな恩ではあったが、それが順平の生きる糧になったことは確かだった。順平は国本の勝手すぎる頼みを引き受けた。どうせ自分は半グレという捨鉢な気持もあった。

その国本が順平を裏切った。

許せるはずがなかった。

見上げた天井が、ぼやけていた。

気がつくと涙が順平の頬を伝っていた。

何もかもが理不尽だった。

理央子は順平を殺すためにこの町に移り住み、順平は国本を殺すためにこの町に住みついた。

そして真の犯人は、順平ではなく国本だった。理央子の狙う相手は順平ではなく、国本であるはずなのだ。だがそんなことを理央子は知る由もなく、やがて順平を殺しに理央子はやってくる……。

それでも、順平は理央子が好きだった。

「理央子さん……」

声に出して呼んでみた。

順平の体は震え、涙があとからあとから流れ出た。

商売敵の恋

店内に客は二人だけ。

カウンターのなかの長岡（ながおか）はじれている。

開店して、ちょうどふた月ほど、最初のころは物珍しさも手伝ってか、かなりの客が押しかけた。

この分なら大繁盛で先は安泰だと喜んだが、事はそれほどうまくは運ばなかった。半月ほど過ぎてから客がどんどん減ってきた。そしてひと月が経ったころには、開店当初と較べて客の数はほぼ十分の一になっていた。

訳がわからなかった。

長岡のやっている店は『ルミナス』という名のカフェだった。ターゲットの客層は若年から熟年までのすべての女性。そのために店内はグレーを基調にした無機質な雰囲気にし、オシャレ感と同時に間接照明でアンニュイな空間を創りあげた。席は八人ほどが座れるカウンターと、それにテーブルが四つ。

これが長岡の頭のなかにあった女性好みの店内で、女性がくれば必然的に男性客もやってくるという考えだった。

が、目論見は外れつつあった。

このままでは食べていくのがやっとで、当初考えていた大きな儲けは期待できない。

長岡は頭を抱えたが、どう対処していいのか見当もつかなかった。

そんなことを考えていると、入口の扉が開いて男が一人入ってきて、カウンターの前に座った。

高校時代からの腐れ縁ともいえる、同い年の梶原だった。

「どうだ、景気は……」

ぼそっといった。

「見た通りの状態だ。内装費用は家に泣きついて何とかしてもらったけど、家賃はこっち持ちで、経費を払えば食っていくのがやっとだ」

長岡は大きな溜息をついた。

「この店のウリは、落ちついた雰囲気で、しゃれた飲物と食べ物だったよな……そこのショーケースのなかのスイーツも泣いてるんじゃねえか」

梶原はケーキ類の並べられた、カウンター脇のショーケースを顎で差す。

「頭の痛くなることをいうな——それよりお前は何を飲むんだ」

長岡は話題を変えた。

「ブレンドでいいよ」

「相変らずだな。たまにはカフェラテとかエスプレッソとか、そんなものを頼んだらどうだ。この店はそういう物を飲む店なんだから」

「大の男が、そんなもの飲めるか。これでも俺は武闘派で名前を売った男だぜ」

幾分胸を張っていった。

「なるほどな。で、いつまで、その用心棒稼業をつづけるつもりなんだ」

長岡の言葉に「ううん」と唸って梶原は天井を睨む。

梶原のシノギは俗にいう用心棒だった。

得意先はクラブや遊技場などだったが、これはまだまともなほうで、裏カジノやヤクザ関連のものなど、かなりヤバいものもあった。警察沙汰にはなっていないが、何度か命のやりとりのようなことをしたとも聞いていた。

「まあ、性にあってるからな。といっても長くはできねえことはわかってる。そのときはお前に倣って——といってもカフェじゃなくて、小さな飲み屋でもやるかもな」

薄く笑った。

長岡と梶原は高校、大学と同じ学校に通った悪仲間だった。

口のうまさは長岡、腕っぷしの強さは梶原——二人がつるめば怖いものなしで、簡単にいえば恐喝で金を集めるのが梶原、女を騙して金をむしり取るのが長岡の役目だった。

梶原は格闘技好きで高校のころからボクシング部に入部し、大学に行ってからも同じようにボクシング部に入って、三年のときには関東大学リーグでミドル級のチャンピオンになった猛者だった。

将来はプロのチャンピオンと周りから有望視されたものの、大学四年になって梶原は事件をおこした。主謀者は長岡で、二人はある女子大学生に睡眠薬を飲ませ暴行におよんだ。このとき泣き寝入りすると思っていた女性が事を表沙汰にして二人は逮捕された。

だが、資産家だった梶原の家が動き、被害者の女性に大枚の見舞金を払って示談を成立させたのが功を奏して不起訴となった。

前科はつかずにすんだが、そこから二人の転落が始まった。

生きる場所は夜の歓楽街になり、梶原は腕っぷしを武器にし、長岡はあちこちのホストクラブを転々とする生活をつづけた。

そして二人は三十歳を超えた。

「ところで、俺のコーヒーはまだか」

梶原が催促の声をあげた。

「あっ悪い。すぐに淹れるから」

長岡はこういって、業務用のコーヒーマシンで手早くコーヒーを淹れた。

「便利だな、その機械は。うまいコーヒーを淹れる自信がなかったから、機械に頼ることにしたのか」

的を射る梶原の言葉に、

「それはあるな。機械に任せれば誰がやっても、うまいコーヒーは淹れられるからな。ただし——」

長岡は心持ち胸を張った。

「うちのウリは、こじゃれた空間でおいしいコーヒーをということで、豆はいいものを使っている。そのために代金は他の店より三割くらい高くなったけどな。それから、もうひとつ」

頭を軽く振ってから、

「俺は当分、この店を一人できりもりするつもりだった。客がたくさんきたら、悠長にコーヒーを淹れている暇なんかなくなると思ったからな」

苦笑しながらいった。

「それも、取越し苦労で終ったわけか——しかし、なんで一人できりもりしようと思ったんだ。節約のためか」

「そうじゃない」

長岡は、じろりと梶原を睨んだ。

「カウンターのなかにいては、客とじかに接することはできない。それでは折角の俺の才能が役に立たなくなる。だからだよ」

「お前の才能って……ああ、その顔か」

ちょっと羨（うらや）ましそうに梶原がいった。

長岡は、いわゆるイケメンだった。

はっきりとした目鼻立ちにきりっとした眉。口元はほどよく引き締まり、両頬はすっきりとした直線を描いて顎につづいていた。

長岡は正統派の二枚目だった。

「本音をいえば、ウチの本当のウリは、イケメンで心優しいマスターのいるカフェ——そういうことなんだけどな」

端整な顔を少し崩して長岡はいった。

「心優しいじゃなく、口のうまいマスターだろうがよ」

呆（あき）れたように梶原はいう。

「何でもいいけど、そのイケメンが最初は通用していたが、ここのところ通らなくなったようで、このザマだ」

長岡は肩をすとんと落した。

「俺には、今でもお前の顔は相変らずのイケメンに見えるが」

訝しげな表情を浮べた。

「そりゃあ、お前は俺の顔をしょっちゅう見てるから変化に気がつかないだけさ。俺の顔は確実に変ってきている」

「いったい、何が変ったというんだ。俺にはさっぱりわからんが」

「それは……」

長岡は一瞬いい淀んでから、

「老いだよ……」

ぽつりと口に出した。

「三十で、もう老いか」

梶原は独り言のようにいい、

「ホストたちの間では、お前はもう二流だという噂が広がっていたと聞いたが、本当のことだったんだな」

いいにくそうに口にした。

「情けない話だが……。前はどこのホストクラブでもナンバーワンだったが、ここ一、二年の間にずるずると落ちて俺のプライドはずたずたにされた。だから、この店を……」

「開こうと思ったのか。ホストとはすっぱりと縁を切って、別の道を」

「女絡みの仕事しか知らない俺でも、カフェぐらいはできるんじゃないかと思ってな。それに、クラブにくる客とは違って素人なら、まだ俺も通用するんじゃないかとな」

長岡は、自分の声が震えているのを感じていた。

「可愛い系のイケメンなら少々年を取っても支障はないが、俺のような顔立ちは老いがまともに表面に出てきて、ごまかしがきかない。何ともしようがない」

声が段々小さくなっていく。

「しようがないでは、すまねえだろう。いい辛いけど、お前はホストの世界に戻ったほうがいいような気がする。たとえ、どん尻のホストであったとしてもだ。あれがお前の、天職だと俺は思うぞ」

「それはできない」

即座に長岡は反応した。

「そんな、みっともないまねはできない。そんなことをするくらいなら、死んだほうがましだ。ランクづけは、もう嫌だ」

長岡の本音だった。

稼ぎの多い者が王様――あんな世界に戻るのはこりごりだった。

「じゃあ、どうするんだ」

「あの店に、もう一度行ってこようと思う。俺の商売敵の……」

低い声を出した。

「あの店って、例の『珈琲屋』か。あそこは前に一度行ったんじゃねえのか」

「行ったけど、なかに入って様子を見てきただけで、店主と話はしていない。だから今度は話をしてこようと思っている」

実は長岡がこの商店街にカフェを出そうと決心したのは、その珈琲屋という店の影響だった。

噂では店主である宗田行介という男は、殺人を犯した罪で刑務所に入っていたという。そんな男が堂々と店を開いて生活をしていけるところ……長岡の実家は、総武線沿線のこの町の二つ隣の駅にあった。

しかしそこで店を開くわけにはいかなかった。実家からは勘当同然だったし、長岡の悪行は周りに知れわたっている。だが、この町なら。人を殺した人間でも店をやっていける、この町なら。

そんな思いで長岡は、珈琲屋に顔を出した。

頑丈な木造りの、古ぼけた店だった。

長岡はテーブル席に座って、店主である行介を観察した。体はがっちりしていたが、実直で優しそうな男だった。

この男なら、もし諍い(いさか)がおきたとしても何とかなる……長岡はこの店の客を、ごっそり取りこむつもりだった。この店のつい目と鼻の先に、掘出し物の貸し店舗があった。そこに決めようと思った。

「行って、何の話をしてくるつもりなんだ」

叫ぶような声を梶原があげた。客をはばかったらしく、低い声ではあったが。

「それほど、はやっている店ではないけど、それでもちゃんと生活はなり立っている。ということは、そこそこの儲けはあるということだ。そのあたりのことや、この商店街で生き残っていくコツを教えてもらおうと思ってな」

声を落として長岡はいった。

「でもよ、相手がそれを拒否したり、教えてくれても何のためにもならなかったらどうするんだ」

睨むような目で梶原が見た。

「要するに、お前にとって一番いいのは、あの店がなくなることなんだろう。ということは、誰かが泥をかぶらなければならんということじゃねえのか」

長岡の胸が、ざわっと騒ぐ。

「そりゃあ、この近場で喫茶店が二つというのが一番のネックではあるけれど……」

長岡は語尾を濁す。

「なら、ネットにあの店は極悪非道な殺人者の店だと、あることないことを書きたてて客がこないようにする。それがまず最初にやることだと思う。違うか」

「違いはしないけど、そんなことは」

「そんなことはお前にはできねえか。お前は女を騙すことはできても、ビビリだったからな。昔から、そういうことは俺の仕事だって決まってた」

「それはまあ、そうだが」

うなずく長岡に、梶原は追討ちをかけた。

「もし、それでも、埒が明かなかったとしたら——」

ぽつんと言葉を切った。

長岡は、ごくりと唾を飲みこんだ。

「そいつを脅して、店をたたませればいいじゃねえか。そうなったら完全に俺の仕事だ。腕っぷしひとつで、この世を渡ってきた俺のな」

「そんなことを、お前にさせるわけにはいかないだろう」

声が裏返っていた。

「事と次第によっちゃあ、そいつをぶっ殺せばすむことじゃねえか。それで一件落着だ」

「いくら何でも、それは無茶だ」

「無茶だろうが何だろうが、これが俺のお前に対する思いだ。俺はお前に大きな借りがある。いつかはそれを返さなければといつも思っていた。それぐらいのことはして、当たり前だと俺は思っている」

妙なことをいい出した。

怪訝(けげん)な顔を梶原に向けると、

「あの一件だよ。睡眠薬事件のな。あの事件の元は俺だ。当時モテモテだったお前に、モテなかった俺は女を抱かせろと迫った。その結果、お前はあの睡眠薬事件をおこした。まあ、俺のオヤジの金でなんとかなったが、警察沙汰になったことは確かだ。それでお前はまっとうな道を歩けなくなった。みんな、俺のせいだ」

梶原は悪の理論を展開した。

「ワルにはワルの仁義がある。いや、ワルの仁義じゃねえ。俺はお前を真の友だと思っている。落ちこぼれ同士の親友だ。だからこれは、親友の仁義だ。俺にとったら、一番大切な心の部分だ」

梶原のいうことは理解できた。長岡にしても、梶原がいなければ、何もできない人生だった気がする。ワルの相棒がいたから、これまで何とか生きてこられた――勝手ない分なのはわかっていたが、事実はそういうことなのだ。

「それに――」

と梶原はいった。

「お前の話を聞いていて、妙に感じたことがひとつある。この店に対する、お前の執着心だ。折角開いた店だから、閉めたくない。その気持は理解できるが、それにしても」

凝視するような目で梶原が見た。

「いつものお前なら、こんな状況になったらさっさと全部を放り出して逃げ出す。それが普通だと思うんだが、なかなかそうしねえ。それが何となく気になってな——何か別の理由があるんじゃねえのか」

「それは……」

蚊の鳴くような声を出した。

「何かあるのなら、正直にいえ。今更俺に隠し立てをしても、しようがねえだろうが。いってみろ、長岡」

優しげな声で梶原はいった。

「実は、好きな女ができた」

上ずった声が飛び出した。

「そんなことは、お前にしたら珍しいことでも何でもねえだろう」

「今までのチャラチャラした気持じゃなく、本気になって好きになった女だ。こんな気持は初めてで、俺もとまどっている」

「なるほどねえ、生まれて初めて本気で惚れた女ねえ……で、その女はどこに住んでいて、名前はなんていうんだ」

梶原が身を乗り出してきた。

「名前は、わからん。どこに住んでいるのかもわからん」

「何だ、それは。今までのお前なら、そんなことはちゃっちゃっと聞き出して、ちゃっちゃっと自分のものにしてるだろう」

呆れた口調でいう梶原に、

「今まではそうだった。しかし今度はちょっと勝手が違って、へたなことを訊いて嫌われたらどうしようかと……」

驚きの表情が梶原の顔に浮んだ。

「そうか、そういうことか。本気の恋か。女たらしのお前も、ようやく真実の恋に目覚めたか」

「ああ。その人の前に行くと体が硬くなって、必要以上に身構えてしまう。情けないことだが」

本当に情けない口調でいった。

「ってことは、相手はこの店の客ということか」

「そうだ。開店して何回か一人できてテーブル席に座り、お前と同じようにブレンドをゆっくり飲んで、帰っていく。それだけのことだが、最初にその人を見たときから俺の胸は疼いた。どうしようもないほど騒いだ」

「要するに、一目惚れ。そういうことだな」

独り言のように梶原はいってから、

「だから、お前はこの店を閉めたくない。閉めてしまうと、もうその女に逢うことができなくなるかもしれない。お前は、そう思っているんだな。それがこの店に執着している、もうひとつの理由なんだな」

嚙んで含めるようにいう梶原に、長岡は素直にうなずく。

「よしわかった。それならやっぱり、俺の出番だ。こいつに懸けても、珈琲屋という店はぶっつぶさないと、気が収まらねえ」

梶原はカウンターの上に、太い右腕を突き出した。手首の先には巨大な松ぼっくりのような拳がつづいている。今まで何人もの屈強な男たちを倒してきた、最強の拳だ。

「で、その女はやっぱり美人なのか」

梶原がぼそっと訊いた。

「美人だ。それも飛びっきりの」

口に出したとたん、胸の奥がぎゅっと締めつけられた。

小さな溜息がもれた。

梶原が店を訪れてから二日後。

今日も客は少なかった。

三時を過ぎた、ちょうどよい時間帯にもかかわらず、客が一人しかいないテーブル席を見ているのは辛かった。

その一人だけの客が立ちあがった。

ゆっくりとレジ台の前に歩いてきた。

「コーヒーもケーキも、とてもおいしかった。他の店とは較べようもないほど」

顔中で笑いかけながら、代金を払った。

開店当初からの客で、確か商店街の外れに住んでいて家は普通のサラリーマン。若づくりの化粧はしているが、四十代後半ぐらいの女性だった。

釣銭を財布に入れながら、

「ええと、マスターは名前はなんていうの。よかったら教えてくれる。あっ、私は若杉（わかすぎ）妙子（たえこ）ですけどね」

幾分恥ずかしそうに、女性はたたみかけるようにいった。

「私は長岡と申します。以後よろしくお願いいたします」

長岡は丁寧に頭を下げたが、妙子のほうはちょっと不満そうだ。どうやらフルネームで答えてほしかったようだが、あまり性急に親しくなるのは面倒な気がした。だから今回は名字だけ。中年の女性は隙を見せると、どんどん奥まで入りこんでくる。

「長岡さんはいくつなの」

さらに妙子は訊いてきた。

「今年三十一歳になります。恥ずかしいことですが、もう若くはありません」

「あらっ！」

妙子が嬌声をあげた。

「私はてっきり、三十前だと。さすがにイケメンは若く見えるから、得よね。本当に羨ましい限り」

うっとりとした目で見つめてきた。

懐しい目だった。ホスト時代には数えきれないほどの女性が、こんな目で長岡を見てきた。しかしここでは……。

「住んでいるのは、この店の上なんですよね。一人暮しなの、奥さんはいるの」

妙子の質問は絶えない。

「はいっ。ここの二階で一人暮しをしています。ついでにいいますと、現在恋人もおりません」

どうせ訊いてくるだろうと思い、長岡は先手を打った。

そして、立場は違っても、これは自分が例の女性に訊きたい質問ばかりなのに気がついた。まるで予行演習のようだとも。

「恋人がいないなんて、信じられない。ああ、私がせめて十年若かったら」

長岡の意図はみごとに外れ、さらに妙子の言葉はつづいた。

「いえいえ、若杉様はまだまだ、充分にお若いですよ」

ホスト時代の名残なのか条件反射なのか、思わずこんな言葉が口から出てきて長岡自身がうろたえた。

「えっ、本当に。じゃあ、私……」

言葉の語尾が震え、目が異様な輝きをおびた。まずい兆候だった。これ以上、言葉を交していたら、けっこう面倒なことに。こんなときには――。

「あっ、若杉様、ちょっと」

長岡はスマホを取り出し、画面を若杉に見られないようにして耳にあてる。もちろん、嘘の電話だ。

「はい、長岡です。いつもお世話になっております――」

いいながら妙子に向かって軽く会釈をすると、いかにも残念そうな顔で会釈が返ってきた。これで一件落着だ。

「じゃあ、私はこれで」

小声で背中を向ける妙子に目をやりながら、スマホを耳にあてたまま長岡は小さな舌打ちをして視線をレジ台に向ける。

以前は毎夜、大金がごく普通の状態で動いていた。しかし今は……。

そのとき別の客が入ってきた。

長岡の胸が、どんと音を立てた。

あの女性だった。待ちに待っていた——。

「あっ、いらっしゃいませ。どうぞ、お好きなお席に」

声が完全に裏返った。

長岡は小さく深呼吸をしてから、トレイに紙オシボリと冷水の入ったグラスをのせ、女性が腰をおろした奥の席にゆっくりと歩いた。

テーブルにそれらを慎重に置き、

「何に、なされますか」

普通の声が出て、ほっとする。

「ブレンド、お願いします」

何でもない口調で女性が答えた。

「少々、お待ちください」

長岡はそういって、今度は急いでカウンターのなかに戻る。そのまま奥にある住居用の洗面所に飛びこんで鏡の前に立つ。

端整だったが、少しやつれた顔が長岡を見ていた。両頬を両手でぱんと叩いてから、軽く七三に分けた髪を手櫛で整える。そして、わざとラフにまくったシャツの袖をもう一度直す。

これでよし。鏡のなかの顔を再確認して、長岡は洗面所からカウンターに戻る。

急いでコーヒーを淹れ、問題の女性の席に向かう。テーブルにそっとコーヒーカップを置き、

「ごゆっくり」

これだけ口にして女性の前を離れる。

問題はこのあとだ。

女性がコーヒーを飲み終えるころを見計らって、座っているテーブルに行き、さっき妙子が自分に訊いてきたような質問をぶつける。それが勝負だった。

時間がゆっくりと過ぎていく。

三十分が経った。

いよいよだ。長岡は胸をドキドキさせながらカウンターを出て、新しい冷水の入ったグラスを持って女性の座っている席に向かう。胸の鼓動が早鐘を打つように鳴り響いている。こんな気持は初めてだ。

「失礼します。新しいお水を持って参りました」

声をかけてグラスを置く。

「ちょっとお訊きしたいのですが、当店のコーヒーは、いかがでしたでしょうか」

まず、この言葉を口にした。

「コーヒーの味ですか」

女性が顔をあげて、長岡を見た。

綺麗だった。

やや強めの顔だったが、どこにも文句のつけようがなかった。美人の年はわかりにくいが、多分長岡と同じぐらいで、普通の白のブラウス姿だった。

「本当のことをいえば、いいんですか」

はっきりした口調で女性がいった。

「はい。もちろんです」

何となく嫌な予感がした。

「可もなく不可もなく、普通だと思います」

あっと長岡は心の奥で叫ぶ。

やっぱり、お世辞でもいいので、おいしいといってほしかった。そう思ってから、この女性は嘘のいえない性格なのだと確信した。

「ありがとうございます。そのお言葉を肝に銘じてこれからも頑張ります」

ほんの少し、ひしゃげた声でいうと、

「すみません。私、けっこう口が悪いというか、何というか」

すまなそうな口調で女性はいった。

「いえ、なかなか本当のことをおっしゃってくれるお客様は少ないので、本当に勉強になります」

長岡は丁寧に頭を下げ、

「あの、差障りがなければお客様のお名前を教えていただけますか」

なるべく明るい声でいった。

「私の名前ですか……」

探るような目が長岡を見ていた。

胸がぎゅっと縮んだ。

「はい。お客様のように、本音でお答えしてくれる人は少ないですから……あっ、私は長岡卓也(たくや)といいます」

恐る恐る声を出した。

妙子の気持がわかる気がした。

「そうですね。やっぱり名乗らないと無責任すぎて失礼ですすよね」

女性は独り言のようにこういってから、

「江島です、江島理央子といいます」

女性はフルネームで答え、ほんの少し笑ってみせた。

花のような笑顔だった。

江島理央子……。

長岡は胸の奥で、この名前を何度も繰り返した。


乱暴な手つきで扉を開けて、梶原が姿を見せた。

カウンター席に腰をおろし「水っ」と一言だけ口にして舌打ちをした。

「おい、機嫌が悪そうだな」

冷水の入ったグラスをカウンターに置き、首を傾(かし)げながら長岡はいう。

「例の、珈琲屋に行ってきた」

面白くもなさそうにいう梶原に、

「お前、行ってきたのか。いったい何しに……」

怪訝な思いで長岡は訊く。

「偵察だよ。例のネットに流した、珈琲屋の悪口あれこれの成果を確かめるためによ」

ごくりと冷水を梶原は飲む。

数日前から梶原が、珈琲屋のネガティブな情報をネットに書きこんでいたのは長岡も承知していたが、すっかり失念していた。

内容は——。

『珈琲屋のマスターは、正真正銘の人殺し。そんな店にうっかり行けば、あなただって……これまでも危い目にあいかけた人が何人も。しれっとした顔で、世の中には酷い人もいるものです』

大体がこんな主旨のものだった。

「それで、成果のほうはどうだったんだ」

いくら何でも、ネットでの悪口雑言は少しやりすぎだろうと思ってはいたが、それでもやはり気になることは確かだった。

「数人の客が入って、何事もなかったような顔をしてコーヒーを飲んで、喋くっていた。つまり、お前から以前聞いた客入りの状態と、まったく変りはなし。そういうことだ」

梶原は吐き出すようにいった。

「そうか、変りはなかったか——まあ、あの店に行く客は、あそこのマスターが人殺しであることは百も承知だろうから、成果がなくても当然のような気もするが、それにしてもなあ」

長岡は小さな吐息をもらす。

「どうする。悪口の内容をもっとエスカレートさせるか。手はそれくらいしかねえが」

「やめとけ」

ぼそっと長岡は口にした。

「どんな悪口を並べようと、状況をすべて知っている人間には通じない。反対に、何かあってこっちが書きこんだってバレたらまずいだろ」

「それも、そうだが——」

ぎろりと梶原が目を剝いた。

「お前、あの男の殺人の詳細を知っているのか。何のために誰を殺したとか」

「知らないよ、そんなこと。俺はただ、あの店のマスターは以前、人を殺したことがあるという話を聞いただけで」

軽い調子で長岡はいう。

「何だ、知らねえのか——いずれにしても、人を殺しておきながら、あの落ちつきぶりは何だ。あの、しれっとした善人面が俺はどうにも気に入らねえ。ああいう人間が、俺はいちばん嫌いだ。だから腹が立ってならねえ」

よほど癪に障ったのか、梶原は残りの冷水を一気に飲み「お代りだ」と叫んでグラスをカウンターに叩きつけるように置いた。

「おい、あんまり興奮するな」

空のグラスに冷水を注ぎながら、長岡は宥めの言葉を出す。頭に血が上ると何をするかわからない梶原の性格はよくわかっていた。

「むかつくだけで、別にそれほど興奮はしてねえから心配するな」

自分にいい聞かすように梶原はいってから、

「ところで、お前の一目惚れした、江島理央子という女はまたきたのか。居所のほうはわかったのか」

今度は、にやけた顔でいった。

梶原には先日店を訪れた理央子の件は詳細に話してあった。

「こないな。今度きたら、さりげなく住所を訊いてみようと思っているんだが、あれからはまだきていない」

「本人じゃなくても、この辺で訊いてみれば、すぐにわかるんじゃねえのか」

そんなことはわかっていたが、そこまでやるのはプライドと、それに……長岡は慌てて首を左右に振る。

「お前のプライドと、それに」

梶原がにやっと笑った。

「訊いて回るのが恥ずかしいんだろ」

からかうような顔をした。

「まあ、どういったらいいのか。そんなようなもんというか……」

図星を指され、長岡がつまりつまりいうと扉の開く音が聞こえた。

「こんにちは、お邪魔しまあす」

弾んだ声が耳に響いた。

常連客の若杉妙子だ。

「あっ、いらっしゃいませ」

今日はカウンター席に座るつもりらしく、妙子は嬉しそうな顔で長岡の前まできたが、すぐ正面に座っている梶原を見て足を止めた。どうやら梶原の放つ、危うい雰囲気を感じたようだ。すぐに横に移動して、カウンターの端に座った。

「いつものブレンド、お願いします」

掠(かす)れた声で注文した。

すぐにコーヒーマシンを操作して、ブレンドコーヒーを淹れ、長岡は妙子の前まで行ってカウンターにそっと置く。

「ごゆっくりどうぞ」

できる限り柔らかな声を出して笑顔を浮べた。

「だからよ、長岡。わからねえことは素直に人に訊けばいいんだよ」

長岡の柔らかな声を追いやるように、梶原の太い声が飛んだ。

すぐに梶原と長岡の顔を、妙子がぎょっとした目で見た。

「おばちゃんは、この近所の人間か」

梶原の質問に、妙子は無言で首を縦に振った。

「近くに珈琲屋って店があるのを、知ってるよな」

妙子はまた、無言でうなずく。

「あそこの宗田行介というマスターは人殺しだそうだが、何の理由で誰を殺したんだ」

「それは……」

と妙子は震えた声で——。

地上げのためにヤクザ者がこの辺りの店を脅しまくった件をまず口にし、そのあげくに町内の娘に乱暴したのを行介が憤って、自分の店の柱にその男の頭を打ちつけたことを話した。

「そうか、柱に頭をなあ……それなら、大した腕じゃねえな。単なる物の弾みってやつだな」

話が終ると、呟(つぶや)くように梶原はいい、

「それで一生を棒に振ったとは、憐れなやつだな、そいつも」

ふっと笑った。

「宗田さんは、憐れなやつじゃないですよ」

その笑いに誘発されたのか、妙子が疳(かん)高い声をあげた。

「じゃあ、どんなやつなんだ」

梶原が睨みつけるような目を向けた。

「あの人は地上げ屋から、この商店街を救ったんです。人殺しには違いないけれど、それでも、あの人はこの商店街の恩人なんです。凄い人なんです。少なくとも私はそう思ってますよ」

睨みつける目をはねつけるように、妙子が強い声をあげた。

「恩人だと——人殺し野郎が」

梶原が唸った。

「そうですよ、恩人ですよ。人殺しなんか絶対に駄目ですし、後ろ指をさす人もいますけど、それでもやっぱり恩人ですよ」

きっぱりといいきった。

「それであの野郎、いい気になりやがって善良ぶって」

梶原はぼそりと口に出し、

「それからな、おばちゃん。もうひとつ、訊きてえことがあるんだがな」

ちらりと長岡を見た。

「この辺りに住んでいる、江島理央子っていう女を知っているよな」

断定的な訊きかたをした。

「江島さんですか……」

名前を口に出す妙子に、

「その口調だと、知ってるんだな」

たたみかけるようにいった。

「知ってはいますけど、それがどうかしたんですか」

「住んでいる場所を、教えてほしいと思ってよ」

梶原にしたら優しげな声だ。

「そんなことを聞いて、どうするんですか」

「以前、世話になったことがあってな。それで挨拶に行きたいと思ってよ。この辺りに住んでることは知ってるんだけど、住所がな」

これも猫なで声だ。

「そんなこと教えられませんよ。他人様(ひとさま)のプライバシーに関することなんて。そんなこと、できるわけないじゃないですか」

胸を張りぎみにして妙子は答えた。

小さな沈黙が流れた。

「ばばァー」

ドスの利いた声を梶原があげた。

「おとなしく教えてくれたほうが、身のためだと俺は思うんだけどよ」

底光りのする目で妙子を見つめた。妙子の体が、小刻みに震え出すのがわかった。

「それは……」

悲鳴のような声があがった。

「それは何だ。はっきりいえよ」

薄笑いを浮べた。

「裏通りの横町で、一人でおでん屋さんをやっている人ですよ。いつも男のお客で満員の店ですよ」

妙子は早口でそういって『伊呂波』という屋号から店の場所までを、しどろもどろになりながら口にした。

そして喋り終えた瞬間、バッグのなかに手を突っこみ、千円札をカウンターの上に置いて、さっとイスから滑りおりた。

釣りも受けとらないまま、駆け足で店を出た。

これで妙子はもう、この店にはこない。

小さな淋しさが長岡の胸に湧いた。

何だか物事が悪いほうに向かって、一直線に進んでいるようにも思えた。

「何だ、しけた面をして」

発破をかけるような梶原の声が響き、

「あんな、ばばァの一人や二人いいじゃねえか。その代りに、お前の一目惚れの相手の居所がわかったんだ。それもおでん屋なら、いつでも行ける。万々歳じゃねえか」

盛んにうなずいている。

「二、三回通って、お前のその顔で甘いことをいってやれば、それでよし。あとはさっさと自分のものにしちまえば、元気だってどんどん湧いてくるだろう」

能天気なことを梶原はいうが、長岡はまず無理だろうと感じている。先日、二人だけのこの店で言葉を交したときでさえ、理央子は長岡に関心を寄せることがなかった。事務的な会話をしただけで、そこに心のふれあいはなかった。

それでも長岡は理央子に会いたかった。

顔を見るだけでよかった。

同じ空気を吸いたかった。

この町にきてから、長岡は自分が変りつつあるのに気がついていた。それが何であって、なぜなのかはわからなかったが、やっぱりそんな気がした。

「おい、ぼけたような顔をして、どうしたんだ」

梶原の声に長岡は我に返る。

「別に、何でもない」

慌てて声をあげると、

「それならいいが——で、いつ行くんだ。その一目惚れのやっている店には。俺はいつでもいいぞ。どうせ暇だからよ」

やっぱり梶原も一緒に行くつもりなのだ。

「よし、善は急げで今夜にしよう。ちゃっちゃっと行って、ちゃっちゃっとモノにしちまえ、自慢の顔と甘い言葉でよ」

梶原は嬉しそうに、両手をぱんと叩いた。


午後の三時過ぎ。

店にはテーブル席に客が二人。

二人は話に夢中になっている。多分、女子大生だ。

注文を取りに行ったとき長岡の顔を見て、えっというような表情をしたが、そのあと飲物を持っていったときには、もう何の関心も示さなかった。

普通の人間の心は、顔つきや言葉だけでは動かない。そんな気がした。じゃあ、人の心は何で動くのか……わからなかった。

わからないまま、長岡は昨夜の伊呂波での一件をぼんやりと考える。

長岡と梶原が伊呂波の引戸を開けたのは、夜の七時半頃。

妙子がいったように、店は満員の盛況ぶりだった。

カウンターの奥に女性の姿が見えた。女将の理央子だ。

理央子は奥の客と話をしているようで、後ろ姿しか見えなかったが、その後ろ姿でさえ長岡には眩しく感じられた。長岡はそっと視線をそらした。

「すみません、お客さん。こんな状態なので、何とかそこのカウンターのすみでお願いします。すぐ行きますから」

理央子の声に、長岡と梶原は引戸脇の狭い空間に体を押しこめる。

「おい。お前のいう通り、女将は相当の美人だぞ」

柄にもなく梶原が上ずった声でいった。

「そうか、まあ、そうだろうな」

ぼそっと口に出すが、長岡の視線は膝の上に落ちている。

「何だ、恥ずかしいのかよ。まったく困ったもんだな、かつてのホストの帝王がよ」

面白そうに梶原が言ったとき、

「お待ちどおさまです。あらっ、初めてのお客さんですね」

よく通る、女の声が聞こえた。

「この店をやっている、理央子と申します。今後ともよろしくお願いいたします」

理央子は頭を下げたようだ。

「こちらこそ……」

細い声で長岡はいい、顔をあげて視線を理央子に向けた。

胸が喘ぎ声をあげた。

驚きが体の芯を突き抜けた。

違う、理央子じゃない。別人だ。

確かに女は綺麗だった。ずば抜けた容貌の持主だった。が、あの理央子ではなかった。

「あの、ご注文は……」

怪訝そうな声を理央子があげた。

「おい、どうしたんだ、長岡」

梶原が顔を覗きこむように見てきた。それから理央子に視線を向け、

「ビールと、おでんは適当に」

叫ぶようにいった。

「はい、わかりました」

理央子はそういって長岡と梶原の前を離れ、すぐにビールとグラス、それにおでんを盛った皿を持ってきてカウンターに並べ、頭を下げて離れていった。

「長岡、いったいどうしたんだ」

梶原が肩を揺さぶった。

「あれは別人だ。俺の店で江島理央子と名乗った女は別人だ」

ようやく、これだけいった。

「えっ、マジかよ。でも何でだ。その女はいったい何なんだ」

「わかんねえ。何がどうなっているのか、全然わかんねえ」

それから後のことは、よく覚えていない。

気がつくと家のベッドの上にいた。どうやら泥酔してしまい、梶原がここに寝かしつけてくれたようだが……。

それが伊呂波での出来事のすべてだった。

しかし何だって、あの女は別人の名前を。

考えてみると、答えはひとつだけ。

あの女は自分と関わりを持ちたくなかった。そうとしか考えられなかった。

以前の長岡なら女に騙されたとわかれば、烈火のごとく怒ったが、今は不思議と腹は立たなかった。ただ、むしょうに悲しかった。

「おじさん――」

そのとき長岡は、自分を呼ぶ声に気がついた。

テーブル席にいた客の二人がレジの前に立っていた。

「さっきから何度も呼んでいるのに、しっかりしてよ」

レジ台の上に千円札を二枚置いた。

「あっ、すみません。ちょっと考えごとをしていまして」

慌ててレジに行って釣り銭を渡し、長岡は頭を深く下げた。

「まったく……」

こんな言葉を口にして、二人の女性客は仏頂面（ぶっちょうづら）で店を出ていった。

「おじさん、か」

力なく呟いたとき、店の扉が開いて梶原が入ってきた。

「ブレンド」と怒鳴るようにいってから、カウンターにどんと座りこんだ。

「どうだ。酔いはすっかり醒めたか。体のほうは大丈夫か」

「世話をかけてしまって、すまない。暴れた記憶はないが、周りに迷惑は……」

恐る恐る訊いてみた。

「暴れたりはしなかったが、ひたすら飲んで、そのうちガクッとつぶれた。ここまで連れてくるのにけっこうしんどかったから、迷惑といえば俺ぐらいのもんだ」

「そういうことなら、安心だ。お前にかける迷惑ならお互い様で、特に気にはならねえからな」

長岡は梶原の前に、コーヒーカップをそっと置く。

「何にしても、一目惚れした女が名前を騙（かた）っていたとはな——お前にしたら、あってはならんことだろうが、そんなことはさっさと忘れろ。酷なことをいうようだが、お前はもう、かつてのホストじゃねえ。ホスト崩れのこの店のマスターだ」

申しわけなさそうな表情で、梶原は一気に引導を渡すような言葉を並べた。

「そうだな。そういえばさっき、女子大生風の女の子から、おじさんって呼ばれた。正直いって胸が縮んだ」

首を振りながら細い声でいうと、

「おじさんか。若い連中から見れば、俺たちはそうなんだろうな。お前にしたって――女の側からすれば、二枚目崩れのおじさんから甘ったるい言葉を聞かされても気色が悪いだけで、何の感動もないかもな。相当のショックかもしれんが」

荒っぽい言葉が返ってきた。

「ショックではあるが、その代り何か別のものを得た気分でもある」

本音だった。

この町にきてから、夜の街では得られなかった別のものが次々に体のなかに入りこんでくるのを長岡は感じていた。

「何だその、別のものというのは」

梶原が睨みつけるような眼差しをした。

「強いていえば――」

長岡は天井にちらりと目をやってから、

「我の抜けきった、心のようなものだ」

何でもない口調でいった。

「全然、わかんねえな」

ごくりと梶原はコーヒーを飲み、

「簡単にいえば、戦闘能力を失くした、心のようなものか」

顔をしかめていった。

「俺はここのところずっと負けつづけだから、そんな気持になったのかもしれない」

これも長岡の本音だった。

一目惚れの女性が目の前から消えてなくなったとき、このカフェに対する執着も希薄になった。どうやら自分がこの店に固執していた大きな要因は、江島理央子の名前を騙った、あの女性のようだ。そして同時に、その女性の存在も長岡の心の奥では希薄になりつつあった。

「要するに、お前は丸くなった。そういうことか――俺にはまだまだ到達できない境地だがよ」

威勢よく口に出す梶原に、

「それはお前が今まで、負けたことがないからだ。だから心がなかなか丸くならない。

単純にそういうことなんだと思うぞ」

　嚙んで含めるようにいった。

「なるほど。いわれてみれば俺は今まで、連戦連勝。喧嘩で負けたことは一度もねえ」

　低い声でいい放つ梶原に、

「負けたことのない人間は……実は愚かなのかもしれない」

　思いきったことを長岡はいった。

「もっとも、俺は負けつづけのくせに、いまだに身の振り方もきまらない、愚かな毎日を送っているが」

「身の振り方って――お前、この店をやめるつもりか」

　叫ぶような声を梶原はあげた。

「傷がこれ以上深くならないうちに、そうしたほうがいいんじゃないかと思っている」

「そうか。そしてあの、熾烈なホストの世界にでも戻るつもりなのか」

「確かに俺の生きる場所は、こんな昼の町ではなく夜の街だということに今更ながら気がついたが」

　長岡はふっと一息ついてから、

「お前も知ってるように、戻れば俺はホストのドン尻だ。よほど耐えないとやってはいけない……いくら丸くなったといっても、それがなあ」

大きな溜息をもらしたとき、一人の男の顔が浮んだ。一度だけしか見たことがなく、挨拶もしていなかったが、むしょうに会いたくなった。あの、物静かで頑固な顔に頑丈な体の持主に。

珈琲屋の行介だった。

殺人者でありながら、あの静かな佇まいはいったい……何とも理解のしがたい人間だったが、むしょうに会いたかった。

「俺はこれから、珈琲屋に行ってみようと思うが、お前はどうする。行って、行介という主人と話をしてみたい」

梶原に向かっていうと、

「お前、店をたたもうと思っているんだろ。それなら、あいつと話してもしようがないんじゃねえのか」

訝しげな声を出した。

「確かに商売などはもう、どうでもいい。だから珈琲屋の主人と何が話したいのか自分でもわからないが、とにかく話がしたい」

「まあ、お前の用心棒代りとしてなら行ってもいいが。それに俺は殺人者のくせに、あの善良ぶった顔が気にくわんというか、癇(かん)に障るというか――あいつの顔の前に俺のこの拳を突きつけてもいいというなら、喜んで行ってみるがよ」

大きな松ぼっくりのような右の拳を、梶原は握りこんで顔の前で振った。

「いいな、それは。そのときあの男がどんな反応をするのか。ぜひ見てみたい気がする。しかし本当に殴るわけじゃないだろうな」

興味津々の口調で長岡はいった。

「殴らねえよ。ちゃんと寸止めをするから大丈夫だよ。俺は弱い者苛めが嫌いだからよ」

分厚い胸を張った。

「よし、きまりだ」

ばんと長岡は、カウンターを両手で叩いた。

店に入ると、テーブル席に客はなく、カウンターの前には中年の男が一人座っていて、行介と何かを話していた。

「いらっしゃい」

二人の姿を見て行介が声をあげた。

味も素気もない、ぶっきらぼうな声だった。

長岡は梶原と一緒にカウンターの前まで歩き「ここ、いいですか」と行介に声をかける。

「もちろん、いいですよ。どうぞかけてください」

今度は柔らかな声に聞こえた。

カウンター席に腰をかけ、長岡と梶原はブレンドコーヒーを頼む。

行介の手が素早く動いて、コーヒーサイフォンがセットされ、アルコールランプに火がつけられる。

「俺は長岡といって、こっちは梶原。ここと目と鼻の先で『ルミナス』という名のカフェをやってます」

正直に自分の身分を明した。

すぐに乗ってきたのは長岡たちの隣に座る、やや額の後退した中年男だ。

「おう、あのオシャレな喫茶店ですな。私はこの近所で洋品店をやっている島木というものです。以後、見知りおきを」

島木と名乗った男は少し大げさな挨拶をしてから、

「それでどうです、景気のほうは」

ずばりと訊いてきた。

「駄目ですね。どう頑張ってみても客はこないし、儲けるにはほど遠い」

さらっというと、

「あの店はオシャレすぎるのだと思います。都内とはいってもこの辺りはまだまだ田舎。

だからオシャレな店に飛びつく人間も少ない。ここいらの人間は、なかなか時代についていけないんです。というより、ついていくのが嫌だといったほうが正確かもしれません。下町気質の残る、人情豊かな町ですから」

なかなか穿ったことを、島木という男は口にした。

「だからこの、珈琲屋のような武骨な店のほうが落ちつくのかもしれませんな」

島木はこうもいった。

「失礼なことをお訊きしますが、ここは儲かってますか、宗田さん」

今度は質問を行介にぶつけた。

「俺を知ってるんですか」

奇異な目を行介は向けた。

「そりゃあもう、宗田行介さんはある意味、ここいらでは有名人ですから」

「なるほど」

と行介は小さくうなずき、

「正直なところ、あまり儲かってはいません。でも、食べてはいけます――食べていけて、ほんの少しの貯えができればそれで充分。俺はそう思っています。独り身でもありますし」

そういってから二つのカップにサイフォンから手際よくコーヒーを注ぎ「熱いですか

ら」と口に出して長岡と梶原の前にそっと置いた。

本当に熱そうなコーヒーだった。

長岡と梶原はふうふう息を吹きつけて、コーヒーを口に含んだ。酒の味ならわかるが、コーヒーの味は長岡にはわからなかった。わからなかったが、ほっとするような味であることは感じられた。

「宗田さんには、欲はないんですか」

ひとしきりコーヒーを飲んでから、長岡は行介にこう訊いた。

「以前は人並の欲は持っていましたが、長岡さんも知っての通りのあの事件以来、持たぬように自分にいい聞かせました。波風を立てず愚直に生きていければそれだけでよし――これが俺の生き方の基本です」

「生きていければ、いいんですか」

思わず長岡は声をあげる。

「それでいいと思っています。生きていくということは、ただそれだけで素晴らしいことです。何とかそれを貫けばいいんです。歯を食いしばって、のたうちまわって」

淡々とした口調でいう行介に、

「俺にはどうにも、胡散臭い綺麗ごとのように聞こえる」

ふいに梶原が声を張りあげた。

「そういわれると反論のしようがありませんが、何をいわれようと俺は俺流の生き方しかできません。たとえ後ろ指をさされようが石をぶつけられようが」

きっぱりした口調で行介がいった。

ようやくわかった。

この人はブレないのだ。何があろうと自分の信念を貫き通す。そんな生き方を行介はつづけてきたのだ。それが若杉のいった、この商店街の恩人であり、凄い人という言葉に繋がっていくのだ。

顔の美醜や口先だけの言葉では、人の心は動かない。人の心を動かすのは、その人の生き様であり、その人の今までの行いなのだ。それが原動力となって発する言葉なら、誰もが耳を傾ける。子供でもわかる簡単な理屈だが、しかし今時、そんな人間が……。

「実は俺たち二人はここにくるまでは夜の街で働いていて……俺はホストをやってたんですが三十歳に近づくにつれ、売上げがどんどん落ち、それなら素人相手に儲けてやろうとあの店を開いたんですが駄目でした」

長岡は小さく息をついて、

「もっと本当のことをいえば、地元では散々悪さをしてきたから店を開くことはできず、それなら殺人を犯した宗田さんでもやっていけるこの町でと……そしてあわよくば、この店のお客もいただいてしまおうと」

上ずった声で話をつづけた。

「けれど、上っ面だけの考え方ではやっぱり駄目でした。俺はホストの世界に戻ります。俺が本気で生きられる世界は、あそこしかないようですから。戻れば厳しい現実が待っているはずですが、それでもいいと今は思っています。お金も大切ですが、それよりもきてくれるお客さんを癒すことができるような、一本芯の通ったホストといいますか。宗田さんのような愚直で、のたうちまわるような生き方をしてみようと」

喋り終えた長岡は深呼吸した。

体中が軽くなった気がした。

「おい、何をいってるんだ長岡。癒しだの愚直だの、のたうちまわるなど、そんなホストがいてたまるか。そいつの綺麗ごとに騙されて、馬鹿なことを考えるんじゃねえ」

梶原が怒鳴った。

「綺麗ごとではない。宗田行介は真にそういう生き方を今までしてきた。自分の物差しで物事を計るんじゃない。大馬鹿者が」

一喝が飛んだ。島木という男だ。

「うるせえ、くそオヤジ。俺の仕事は喧嘩専門だ。その俺に大馬鹿者とは、てめえ、ふざけんなよ」

梶原がキレた。島木の胸倉をつかんで引っぱりあげた。右の拳を振りあげた。

「よせ、馬鹿なまねは」

行介だ。行介がカウンターから飛び出してきて、梶原の横に立った。

「ちょうどいい、俺はハナから綺麗ごとばかりいう、てめえが気にくわなかったんだ」

梶原が島木の体を突き離して行介に向き直ったとき「やめて」という女の叫び声が聞こえた。

入口脇に女性が一人立っていた。

「島木君がいう通り、行ちゃんは本当にそういう生き方を今までしてきた。それが証拠に」

といいかけた所で長岡は「ああっ……」と叫び声をあげた。あの女性だった。長岡に向かって江島理央子と名乗った……。

「冬子、くるんじゃない」

行介が叫んだ。

すべてがわかった。この女性は行介の……そういうことだったのだ。しかし、不思議と怒りは湧かなかった。それどころか、二人は似合いのカップルのように見えた。

「ごめんなさい。私、長岡さんに嘘の名前を伝えて——この店の近所だったから、ついどんな店なのか気になって、ごめんなさい」

長岡に向かって、冬子は深々と頭を下げた。

「お前の一目惚れの女は、こいつか。ほら見ろ。こんないい女がいるくせに、この野郎は聖人君子ぶりやがって」

いうなり、梶原の強烈な左フックが行介の脇腹に炸裂した。行介の顔が歪んだ。が、それだけだった。梶原の顔に動揺が走った。

今度は渾身の右ストレートが、行介の顎を襲った。

わずかに体は揺れたが、行介は立っていた。

その瞬間、行介の右手が梶原の左襟をつかんだ。梶原の体が浮きあがった。

そのまま床に叩きつけられた。ぴくりとも動かなかった。

行介は梶原の首と額を氷水で冷やしてから、背活をどんといれた。三度の背活で梶原は目を醒ました。きょとんとした目で周りを見た。

「俺は負けたのか」

ぼそっといった。

「そうだ。お前は負けたんだよ」

労るようにいう長岡の言葉にかぶせるように、冬子の声が響いた。

「私の話の、つづきを聞いて」

そういって冬子は、

「あの事件がおきて刑務所に入るまで、私と行ちゃんは恋人同士だった。でもその後、私は他家に嫁がされた。でも行ちゃんの出所が近づくにつれて、私は離婚を申し出て……」

旧家だった婚家は冬子の離婚を許さなかった。そのため冬子は若い男を誘惑して浮気の事実をつくり、それを元に離婚を成立させた。

「そんなことをして」

長岡が唸り声をあげた。

「そこまでしなければ、婚家は離婚を承諾してくれなかった。その相手の若い子には本当に申しわけないことをしたと、私は今でも」

冬子は泣き出しそうな声をあげ、

「そして私は行ちゃんに、結婚を迫った。でも返事はノーだった。自分は幸せになってはいけない人間だといって。だから私と行ちゃんは今でも、単なる友達同士——それぐらい行ちゃんは愚直な人なんです」

こういって唇を引き結んだ。

「そう。この男は日本一の愚直者。それに加えて、こんなことまでも」

島木が行介の右手を取って、掌(てのひら)を見せた。

ケロイド状に焼けただれていた。

「この男は今でも殺人を犯した自分が許せなくて、アルコールランプで自分の手を……

日本一の大馬鹿者なんです」

大きく首を振った。

「凄いな、あんた」

感嘆の声を梶原があげた。

長岡も静かな感動を覚えていた。

行介は殺人者だが、本物の人間だと思った。

ちょっと、度が過ぎてはいるが。

「俺も日本一の愚直なホストになって、それを看板にしてテッペンを取るよ」

はっきりした口調で長岡はいった。

「なら、俺はどうしたらいいんだ」

梶原の苦笑のまじった声に、

「初めて喧嘩に負けて、お前も丸くなっただろう。それぐらいちゃんと自分で考えろ」

長岡も苦笑まじりの声で返した。

心もよう

店の引戸が荒っぽく開いた。

理央子の視線が客の顔に走る。

順平ではなかった。

それでも「いらっしゃいませ」と機嫌のいい声をあげて客を迎えいれる。

相変らず『伊呂波』ははやっていて、今夜も満席に近い状態だった。あの嫌な客の筆頭だった田崎も順平の活躍で、あれ以来顔を見せてはいない。ようやく店内に平穏さが戻ったかのように見えたが、事はそれほど単純には運ばなかった。

田崎のいる間はその金と力に気圧されておとなしくしていた連中が、こないとわかったとたん、おおっぴらに理央子にちょっかいを出すようになった。なかでも執拗な客が二人——一人は不動産会社に勤める横井という四十代の体の大きな男で、もう一人は寺本という三十を少し過ぎたほどの男だった。寺本は電気設備会社の工事部に勤めていて、むろん二人とも妻子持ちだった。

入ってきたのは、その不動産会社に勤める横井のほうだった。

横井はカウンター前をじろっと見回してから、真中あたりに強引に割りこんだ。隣にはすでに寺本が座っていて、嫌な視線を飛ばして横井を睨んだ。

「女将、俺は生ビールと、それにおでんは見つくろって」

よく通る声で横井はいい、ちらっと隣の寺本に視線を向ける。

理央子はまずオシボリをカウンターの上にそっと置き、ビールサーバーから生ビールを中ジョッキに注いで横井の前に置く。そのとき横井の両手が動いて素早く理央子の右手を握りこんだ。

「おい、おっさん。てめえはよほどの恥知らずか。その両手は余分だろうがよ」

すぐに寺本が抗議の言葉をぶつけた。

「うるせえぞ、若僧。俺はビールがこぼれないように女将の手助けをしただけだ。これを世間では親切心というんだ。まったくおめえはモノを知らねえガキだな」

鼻であしらうようにいう横井に、

「親切心じゃなくて、ただのスケベ心だろ。まったく、いい年こいてよ」

寺本が大きく頭を振りながらいい返す。

「それが年長者に向かっていう言葉か、何にも知らねえガキが。礼を尊び、長を敬うのが理想の秩序だと孔子様もいってるだろう。もっとも、何にも知らねえガキは儒教の儒の字も知らねえだろうがよ」

ちょっと得意げに横井はいい、薄笑いを浮べた。

「知らねえよ、そんな訳のわからねえ言葉はよ。知らねえけれど、礼を尊ばなきゃいけねえおっさんのてめえが、どさくさまぎれに理央子さんの手を握るとはよ。世も末というもんだ」

寺本がそういったとき、

「まあまあ、横井さんに寺本さん。他のお客さんもいることですし、それくらいにして」

理央子は見つくろったおでんの皿を、横井の前に今度はどんと音をたてて置く。これでいちおう、二人の諍(いさか)いは収まることになるはずだが——。

「てめえ、一度シメてやるから、そう思え。クソオヤジが」

寺本のこんな低い声が聞こえ、

「おう上等じゃねえか、クソガキが」

横井のダミ声がそれに応える。

そんな二人に理央子は大きな咳払いをひとつして、その場を離れる。

田崎がいるときはおとなしくしていた二人だったが、その存在が消えた瞬間、箍(たが)が外れたように諍いが始まった。理央子を間にして、二人は恥も外聞も忘れたように露骨に張り合うようになった。

「男なんて、みんな同じ……」

そんな二人の様子を眺めて、理央子は深い溜息をつく。しかし、もしここに行介の姿があったら。そして順平が顔を出していたら……穏便とはいえないまでも、何とか事態は収まってくれるような気がした。だが、順平は自分にとって……。

明日は『珈琲屋』に顔を出してみよう。

そう思うと、ほんの少しだったが胸が軽くなった。

三時頃、珈琲屋に行くとカウンター席には女性が一人いるだけで、島木も順平も見当たらなかった。

「これは理央子さん。いらっしゃい」

行介の穏やかな声に導かれ、理央子がカウンターの前に立つと、それまで座っていた女性がふいに立ちあがった。

「あなたが理央子さんですか。確かに聞いていた以上に……」

驚いた表情で理央子を見て「さあどうぞ、ここへ」と隣の席を目顔で差した。

「あっ、ありがとうございます」

いわれた通り、理央子が促された席にそっと腰をおろすと、すぐに行介が口を開いた。

「ブレンドでいいですか」

「はい」と声に出してうなずく理央子に、

「こいつは蕎麦屋の娘で冬子といって、俺の幼馴染みであって、俺にとってはいちばん大切な人でもあります」

はっきりした口調でいった。

すぐに「あらっ」と冬子と呼ばれた女性が声をあげた。何だか嬉しそうに見えた。

「よろしく、お願いします」

と理央子が頭を下げると同時に、冬子も頭を下げる。そして、

「実際にご本人を見て、島木君や順平君、それに他のお客さんたちが理央子さんに熱をあげるのが理解できました」

と声をあげたところで「熱いですから」という言葉と一緒に湯気のあがるコーヒーが理央子の前に置かれた。

すぐに理央子は両手で支えるようにしてカップを持ち、そろそろと口に運ぶ。

「やっぱり、おいしい」

ごくりと喉の奥に落しこんで理央子はいった。

「ところで、理央子さんに熱をあげるのが理解できたと冬子はいったが、いったいどうわかったんだ」

タイミングを見計らったように、行介が口を開いた。

「理央子さんは確かに美しい、そして――」

と冬子がいったところで、

「あの、美しさは冬子さんのほうが際立っていると私は思います」

理央子は、はっきりした口調でいった。

初対面だったが、理央子の本音だった。

「それはまあ、というか。そこんところはふっ飛ばして……」

冬子はちょっと照れたような顔をして、

「理央子さんには美しさだけでなく、そのなかに母性のようなものが感じられる。つまりはお母さんのような心――これが男たちにはたまらない。男はみんなマザコンだから、そんな両面を兼ね備えた女性が、目の前に現れれば、これはもう」

一気に口にして首を振った。

「ついでにいえば、私もかつては母性のようなものを持ってたはずなんだけど、誰かさんのせいでそれもなくなってしまい、今はこんな状態」

冬子の言葉に、行介の視線が泳ぐのがわかった。

「そうかもしれませんけど」

思わず理央子は声をあげた。

「冬子さんには凛とした、澄んだ美しさがあります。これは他の人にはないものです」

これも理央子の本音だった。

「でもね。凛々しさは母性に負けるんです。人間は、情というエキスの大好きな生き物だから」

冬子はほんの少し悲しそうな顔をしてから、

「いちおうの結論が出たところで、この議論はオシマイ。ただ、行ちゃんにはこんな議論をしたことを、ずっと覚えておいてほしいけどね」

きっぱりといった。

「もちろん、忘れることはないさ。しかし、俺から見たら、冬子にもちゃんとした母性はあるように感じる。ただそれが、内側に入りこんで表面に出にくくなってるだけでな」

こういって行介は、少し笑った。

つられてなのか冬子も笑顔を浮べ、理央子も顔を綻(ほころ)ばせてから、

「ところで……」

と、きまり悪そうに行介を見た。

「近頃、宗田さんは、お店のほうになかなかきてくれないんですね」

単刀直入に、それでも冬子を気遣って行介さんではなく、宗田さんと理央子は呼んだ。

「理央子さんが、なかなか本音を話してくれそうにもないから、それではいくら店に日参しても、どうしようもできないからな」

淡々とした口調でいう行介に、

「それは以前いったように、いずれその時機がきたら、すべてを話すつもりでいます」

すがるような目を理央子は向ける。

「でも、こうして理央子さんのほうがこの店にきてくれれば、同じことのような気も——だから行ったりきたりしていれば、自然にその時機というのもな。それに、人殺しの俺がたびたび店に出入りすれば、変に思う人も必ず出てくるだろうし」

正論じみたことを行介はいった。

「ああっ、確かに……」

理央子は低い声をあげ、

「でも、今ちょっと困ったことが——」

と、横井と寺本の件を行介と冬子に詳細に話した。

「金で顔をはたく人間がいなくなったと思ったら、今度はそういう人が現れましたか」

聞き終えた行介が唸り声を出す。

「その二人は、前の田崎という人のように強引に理央子さんをくどいてくるの?」

冬子が声をあげた。

「帰るとき、お金を払う段になると二人とも必ず。今度食事に行こうとか……寺本さんなんかは、奥さんと離婚するから結婚しようとか。そんなことをネチネチと」

ぼそぼそと理央子がいうと、

「奥さんと別れて、結婚！」

冬子が驚いた声を出した。

「あの二人、どこかおかしいんです。二人とも互いに張り合っているうちに頭に血が上って、変になっていったというか。ストーカーまがいのことを、されたこともありますし、体に触ってくることも……それに」

理央子はちょっと言葉を切り、

「このままだとあの二人、殴り合いの喧嘩を始めるんじゃないかとも思って」

声をひそめていった。

「だから、宗田さんに奥の席に座ってもらっていたら、そういうことも防げるんじゃないかと思って……何といっても宗田さんは」

言葉を飲みこむ理央子に、

「俺は人殺しですから」

ぽつりと行介はいう。

「だけど行ちゃんが毎日、理央子さんのお店に行くのはどう考えても無理でしょう」

冬子はこういってから宙を睨み、

「そうなると、うってつけが、たった一人だけいるじゃない」

大きくうなずいた。

「順平君よ。順平君なら、喜んで毎晩でもお店に顔を出すんじゃないの。島木君の話では、みごとにその田崎という人をやっつけたというし」

順平の名前が冬子の口から出た。

理央子の計算通りの展開だ。

「ところが、その順平君が、お店のほうにまったく顔を見せなくなってしまったんです。いったいどうしたんだろうと、心配はしてるんですけど」

「それは、あれよ」

冬子が顔中で笑った。

「恥ずかしいのよ。順平君は理央子さんにべた惚れだから。それくらいは理央子さんも気がついてたんじゃない」

「はい、それは薄々……」

やっぱりそうだ。そう確信はしていたが、他人の口からそのことを聞いて、確信がより強くなった。そうなったら……。

「あの子、やっていることに反して内心はけっこう初心（うぶ）だからね。惚れすぎて、理央子さんの前に出るのが恥ずかしくなったのよ。それで——」

冬子がまともに顔を見てきた。

「理央子さんのほうはどうなの。順平君にべた惚れされて迷惑なの」

「迷惑ではないです。でも、好きなのかといわれると、よくわからないのも確かです。年が違いますし、いってみれば弟のような存在です。もちろん、好意は持っていますけど」

言葉を濁した。しかし本音をいえば、理央子はとにかく順平を引っ張り出したかった。引っ張り出して、もっと自分を好きにさせて、それからじっくりと——。

「好意を持っているなら、上等じゃない。それならここは一番、順平君に任せよう。理央子さんの店の、用心棒代りとして」

はしゃいだ声を冬子はあげるが、順平がはたしてこの話に乗ってくるのか。順平はあの件に薄々気づき、だから店にこなくなったと理央子は思っている。その順平が……。

「でも、そんな役を引き受けてくれるでしょうか、順平君が」

「もちろん受けてくれるわよ。好きな女性の頼みを男は断れない。だから優しい言葉で頼んでみれば必ず——誰かさんのように、よほどの朴念仁(ぼくねんじん)じゃない限り引き受けてくれるはず」

ちらっと行介を見てから、自信満々に冬子はいった。

そうかもしれないが、順平はあの件を……そんなところへ、わざわざ自分をさらけ出すようにしてやってくるのだろうか。わからなかった。わからなかったが、きてほしかった。目的を達成させるためにも。

あれこれとそんなことを考えていると、扉の上の鈴がちりんと鳴った。

「兄貴、きましたよ。この店の売上げを伸ばすために」

当の順平だ。カウンターの手前までやってきて、順平の足がぴたりと止まった。

「理央子さん――」

喉につまった声を出した。

「さあ、順平君、ここに座って。理央子さんから何か話があるようだから」

冬子はそういい、自分の座っていた席を空けて順平にすすめた。

それでも突っ立っている順平に「さあ、早く」と発破をかけるように冬子はいう。その言葉に背中を押されるように、順平は理央子の隣にそっと座った。冬子はそれを見届けて順平の隣に座りこむ。

「あっ、ごぶさたしています。何やかやと忙しいというか何というか、なかなか店のほうに行けないというか」

つっかえつっかえいって理央子に頭を下げた。いつもの剽軽(ひょうきん)な順平は、そこにはいなかった。やっぱり順平は、あの件に気がついている。私が誰であるか、何のためにこの町で店を開いたのか。そして順平をどうするつもりなのか。

そのとき穏やかな行介の声が聞こえた。

「おおい、順平。ブレンドでいいのかあ」

「はい、それでお願いします」

いつもの順平の声が耳を打った。

それが合図のように、冬子が口を開いた。

「今ね、理央子さんの店が大変なことになってるの」

と、さっき理央子が訴えた件を順平に話して聞かせた。

「せっかく田崎がいなくなったと思ったら、今度はそれまで黙っていた人間がそんなことを」

「それで理央子さんは、順平君に頼みごとがあるんだそうよ」

「実は——」

理央子はちょっと声が震えた。

「まさかのときの、お目付役を頼みたいの」

一気にいって、順平の顔を真直ぐ見た。

「お目付役って、要するに用心棒のような……」

順平が目を細めて訊いた。

「そう、二人が行きすぎたちょっかいを私に出さないか。二人で諍いをおこして、他のお客さんの迷惑にならないか。もしくは店のなかで殴り合いを始めないか……そんなことに目を光らせて、もしものときは対処してほしいというか」

遠慮ぎみに理央子はいう。

「対処って、この前のように相手をボコボコにするとか、ですか」

「店の外に連れ出して、警察に引き渡すという方法もあるわ」

理央子はできるだけ明るい声を出した。

「最初は睨みのきく宗田さんにと思ったんだけど、ここのお店をやっている以上、そう頻繁に出かけるわけにはいかないから――」

といったところで、

「私が順平君を推薦したの。順平君なら理央子さんの大ファンだから、一石二鳥のようなものだと思ってね」

冬子が割りこんできて、後の言葉をつづけた。大ファンという微妙な言葉を持ち出して。

「確かに俺は、理央子さんの大ファンですけど……その用心棒役は大体、どれぐらいの間、やればいいんですか」

「それほど長くはないと思うわ。私の感触では精々二週間ほど。その間にきっと何かがおきるような気がするの」

確信を持ったいい方を理央子はして、

「どう、引き受けてくれる。順平君がうんといってくれたら私、本当に助かる。ねっ、お願い」

順平に向かって両手を合せて頭を下げた。

「で、どうするの、順平君は」

冬子が楽しそうな声を出した。

どうやら柄にもなく、仲人にでもなった気分でいるようだ。

「わかりました。俺でよかったら、使ってやってください」

理央子に向かって、順平が丁寧に頭を下げた。

「ありがとう、助かります――で、順平君は週に何日くらい出られるの」

「遅番のときは出られませんから、週に三日といったところですか」

「それなら、あとでシフトの状況を教えてくれる。それから当然のことながら、うちの勘定は無料にしますし、少しだけどバイト代も出しますから」

さらっという理央子に、

「飲み食いはタダにしてもらえれば助かりますけど、バイト代はいりません。そんなものをもらったら、罰が当たります」

順平は金を受け取ることだけは、頑として拒否した。

「じゃあ、それはそういうことで、よろしくお願いします。本当に助かるわ、順平君」

理央子はまた両手を合せた。

そんなところへ「熱いからな」という言葉と同時に、順平の前に湯気のあがるコーヒーが置かれた。

「あっ。ありがとうございます、兄貴」

軽く頭を下げる順平に、

「くれぐれも、無茶だけはするんじゃないぞ」

念を押すように行介はいい、視線を理央子に向けた。

腹の奥がひやりとするような視線だった。

行介は何かを怪しんでいる。そんな気がした。


その夜、順平が伊呂波に顔を見せたのは七時を回ったころだった。

理央子はすぐに順平を奥の特等席に座らせ、瓶ビールと見つくろったおでんの皿をカウンターに置いた。

「お代りのときは遠慮しないで、声をかけてね。でも、あまり飲みすぎないでね」

そう順平にささやくようにいって、理央子はその場を離れた。

客が混んできたのは、それから三十分ほどがたったころだった。八時過ぎに寺本がやってきて、真中あたりの席に無理やり引き締まった体を入れた。この男も、けっこう強引な性格なのだ。

しばらく機嫌よく飲み食いをしていたが、ふいに寺本の視線が奥の順平に向けられ、そこでぴたりと止まった。

寺本の視線は順平の顔から、なかなか離れない。半グレだった順平に異様なものでも感じたのか、寺本の視線が元に戻ったのはそれから五分以上がたってからだった。ひょっとしたら寺本自身も順平同様、半グレの世界に身を置いていたのかもしれない。

そのあと、ビールのお代りを寺本のところに持っていくと、

「あの、奥に陣取っている、物騒な雰囲気の若いのは誰なんだ。どっかで見たようなツラのような気もするんだけどよ」

ビールを差し出す手を握りこみながら、嫌な目付きで訊いてきた。

「あの、例の田崎さんを追い出した人ですよ。相当怖い人のようだから、とりあえず、あの席に座ってもらっています」

本当のことをずばりというと、

「ああ。俺はちょうど、あのときはいなかったけど——ということは、あの野郎はムショ帰りの半端者か。道理で品のねえ野郎だと思ったぜ」

鼻で笑うように寺本はいった。

「そんなことをいってると、殴られますよ。田崎さんと同じように」

焚きつけるようなことを、理央子はいった。

「田崎なんぞ、大したことはねえよ。あいつがみんなを黙らせていたのは金をちらつかせていただけのことで、腕っぷしじゃねえよ。俺だって昔は、かなりよ」

寺本は部厚い胸を張った。

どうやらこの男も、かつてはワルに染まっていた時代があったようだ。

「そうですね。どう見ても寺本さんは強そうですものね」

とおだてると、

「おう。その手の話で困ったことがあったら、何でも相談してくれ。悪いようにはしないからよ」

寺本がようやく手を離した。

「はい、そうします」

といって理央子は寺本の前を離れる。

困っているのは、あなたと横井の存在だけどと胸の奥で呟きながら。

しばらくすると横井が顔を見せた。

これも強引に寺本の隣に割りこんでいく。

いつもいがみあっているのに、そのくせ席は隣同士。このあたりが理央子には、まったく理解できない。「類は友を呼ぶ」……頭に浮ぶのはこの言葉ぐらいで、何やら二人でひそひそと話をしている。

注文の生ビールと見つくろったおでんを横井のところに持っていくと「二人で思いきり、シメてやるか……」などという言葉が微かに聞こえてきた。どうやらシメる相手は順平のようだ。それならそれで好都合だった。みんな自爆して死んでしまえと、理央子は物騒なことを考える。

少しして理央子が順平にお代りのビールを持っていった際、このことを話してやると「そうですか」と順平は一言だけ口にして微笑んだ。

ひょっとしたら何かがおこるのではと、ある種の期待を胸にしていた理央子だったが、この夜は寺本も横井も何やら仲よく話をしているだけで、看板前に二人とも帰っていった。

客がすべて帰り、店に残っているのは用心棒代りの順平と理央子だけになった。

「ご苦労様。何もなくてよかったけど、気遣いだけで疲れたかんじ」

理央子はいって、カウンターのなかの丸イスを順平の前に持っていき、ビールとコップを手にして腰をおろした。

「だから、ちょっと飲もうか」

順平のコップにビールを満たして、自分のコップにも注いだ。

「あっ、すみません。理央子さんにそんなことしてもらって」

順平の顔は恐縮そのものだ。

「無理をいってきてもらっているんだから、順平君が申しわけなく思うことはないわ。じゃあ、乾杯――」

順平のコップにコップをあわせ、理央子は一気にビールを喉の奥に流しこむ。

「何だか、楽しそうですね」

ぼそっという順平に、

「そりゃあ、おいしいビールがあって、おまけに――」

理央子は順平の顔をじっと見る。

「目の前には、大好きな順平君がいるんだもの。楽しいにきまってるじゃない」

順平の体が、びくっと震えた。

「だから順平君も、もっと楽しそうな顔をして……」

「そんなこと……」

順平は呟くようにいって、

「理央子さん。お願いですから、からかうのだけはやめてください。本当に本当に、お願いですから」

泣き出しそうな声をあげた。

「からかってなんか、いないわ。私は本当のことをいっているだけよ」

できる限り優しい口調でいった。

順平の両肩がすとんと落ちた。

どうしていいかわからない様子だった。

そのとき――。

理央子の体に、ふわっと快感のようなものが走った。いい気持だった。

復讐の第一幕目だった。

「どうしたの、順平君は飲まないの」

自然に優しい声が出た。

「俺は、俺は……」

絞り出すような声が聞こえた。

「俺が、どうしたの。いいたいことがあるのなら、ちゃんといって、順平君」

また、快感が全身をつつみこんだ。

いい気持だった。


カウンターは満席状態だ。

真中あたりには横井と寺本が座り、何やらひそひそと話をしている。これまでならいがみ合う二人なのだが、どういう風の吹き回しか、ここのところは親密な様子を見せている。

二人は話をしながら、時折り奥の席を睨みつけるような目で見ていた。視線の先にいるのは順平だ。

ひょっとしたら横井と寺本は、二人がかりで目障りな順平を半殺しにでもする相談をしているのかもしれない。が、それならそれでいいと理央子は思っている。順平にはできる限り苦しみを味わってほしい。それも死ぬような苦しみを。

それが理央子の望みだった。それに、どうせ順平は隙を狙って自分の手で……そのために自分はこの店を借り、おでん屋を開いたのだ。順平のアパートの近くにあるこの店を。そして偶然にも、この店の近くには殺人を犯したことのある行介がいた。これも何かの因縁としか思えなかった。しかし……。

「順平君、ビールのお代りは」

理央子は順平の前に行って、できる限りの柔らかな声をかける。

「いえ、自分は大丈夫です。酔っぱらうわけにはいきません」

抑揚のない順平の声を聞きながら、横井と寺本のほうを理央子は窺う。二人は鬼のような目付きで順平を凝視している。敵意むき出しの目だ。

「あの二人、順平君を睨みつけているわよ」

小声で耳打ちするようにいうと、

「そうですね。今にも噛みついてきそうですね」

何でもないことのようにいった。

「怖くはないの」

「昔の自分ならともかく、堅気になった今は怖いですよ。何をするか、わからない目ですから。でも――」

と順平は言葉をのみこんでから、

「何があろうと、守りぬくつもりです。腹はちゃんと括っていますから」

小声だったが、はっきりした口調でいった。

守る相手は理央子自身だ。

順平の最大の敵であるはずの自分なのだ。

「頼もしい限りね」

弾む口調で理央子がいうと、

「それが俺の使命ですから」

ぽつりと順平がいった。

理央子が順平のこの言葉を聞くのは二度目だった。

先夜――。

「いいたいことがあるのなら、ちゃんといって、順平君」

いい気持で先をうながす理央子に、順平は無言でうつむいた。

「いったいどうしたの」

優しい声を出して、理央子はカウンターの上の順平の左手に、そっと右手を重ねた。

順平の体がびくんと震えた。

「俺は、俺は……」

泣き出しそうな声を順平は出した。

「俺は何、はっきりいって」

理央子は両手で順平の手をつつみこんだ。瞬間、順平の体が熱をおびたように感じた。

そして、縮みこんで小さくなったように見えた。

以前理央子は、打ちひしがれていた行介の手を両手でつつみこみ、軋んでいた心を癒したことがあったが今度は――。

私はこの子の心をなぶっている。

優しい言葉と素振りで、この子の心を玩んでいる。いいように玩具にしている。そう感じた瞬間、理央子の全身をいうにいわれぬ快感が貫いた。いい気持だった。

「理央子さん」

潤んだ声を順平があげた。

「俺の使命は、理央子さんを守ることですから。命に代えても」

ぽつんといって、つつみこんだ理央子の両手からそっと手を抜いた。

「すみません、帰ります」

思いきり頭を下げた。

「あっ、帰っちゃうの」

理央子は、順平はもうこないのではないかと思った。だが順平は、

「また、きます」

それだけいって店を出ていった。

ほっとした気持で理央子はカウンターのなかのイスに腰をおろし「命に代えてもか」

と呟くように口にする。そして、

「当たり前じゃないか。あんたは私の最愛の人の命を奪ったんだから」

と毒づいた。

半身麻痺（まひ）となり、将来を悲観して病院の屋上から飛び降り自殺をした恋人——須藤昭は同じ大学の法学部の同級生だった。

理央子は大学を卒業して商社に就職口を求めたが、須藤はアルバイトをしながら司法試験に挑戦する道を選んだ。

「世の中の正義を貫くには、法の力しかないから。正義を貫くことは俺の使命だから」

この言葉を口にするときの須藤の目は生気に溢れて輝いていた。そんな真直ぐな性格の須藤が、理央子は大好きだった。須藤と一緒にいると心が浄化されるような気持になり、爽やかな気分につつまれた。

だが真直ぐな性格だけでは司法試験の難関を突破することはできず、須藤は試験に落ちつづけた。それでも須藤は挑戦した。

四回目の挑戦に失敗したときはさすがに落ちこみ自暴自棄になったが、それを叱咤激励するのも理央子の役目だった。

「正義を貫くには、昭の力が必要」

こんなことを口にしながら須藤を励まし、ときには大きな声をあげて机に向かわせた。いつしか二人は同棲するようになり、寝食を共にして司法試験に向かった。

須藤はアルバイトをやめて勉強に専念することになり、理央子も生活のすべてを取りしきるために忙しい商社から小さな印刷会社に移った。収入は少なくなったが、生活を切りつめれば何とか凌ぐことはできた。文字通り、二人三脚の毎日だった。

「今年は何とか、いけるような気がする」

須藤の自信ありげな声を聞いたのは、七度目の試験の前だった。

須藤の目に生気の光が灯っていた。久しぶりに出会ったころの須藤を見たような気がして理央子は胸の奥が熱くなり、目が潤んでくるのがわかった。

しかしその年、須藤が司法試験を受けることはできなかった。

あの事件だ。

最初は全治六カ月という診断だったが、後に脊椎の損傷がわかって、須藤は半身麻痺の体になった。それでも動ける可能性はあるということでリハビリに専念したが——。

理央子は印刷会社もやめて昼間は須藤のリハビリに付き添い、夜はスナックに勤めて生活費を稼いだ。

しかし、なかなかリハビリの成果は出なかった。須藤の目からは輝きがなくなり、絶望感だけが痩せた体をすっぽりとつつみこんでいった。やがて須藤はリハビリを放棄し、一日のほとんどをベッドに横たわり無言で過した。その姿を見て理央子は泣いた。声を殺して全身で泣いた。

そして須藤は、屋上から飛んだ。

理央子の頭のなかは真白になった。

涙はもう出なかった。

その代りに湧き出てきたのが、殺意だった。殺してやると、須藤の遺骨に誓った。呆気（あっけ）なく須藤と理央子の幸せを奪い取った、山路順平を。

順平が用心棒代りに店の奥に座り出してから、十日が過ぎようとしていた。何かがおきると密かに期待していた理央子の気持に反して、あれから変ったことは何もなかった。

順平は店の奥に座りつづけ、横井と寺本はその順平を睨みつける。ただ、それだけだった。物足らなかった。願わくは、順平を痛めつけてほしかった。それなら――。

その夜――理央子は順平の前に、何度も足を運んだ。ことさら順平と話をした。

「順平君。元気がなさそうだけど、どこか体の調子でも悪いの」

むろん、元気のない原因はわかりきっていたが、こんな言葉を口にして理央子は何度も順平の前に立った。

「理央子っ」

押し殺した声を横井が出したのは、順平の前からカウンターの真中に理央子が戻ったときだった。

「あの小僧が、好きなのか」

ざらついた声でいった。

理央子の胸が騒いだ。――乗ってきた。

順平に優しくすれば、横井と寺本は何らかの反応を示す。そうなれば……。

「もちろん、好きよ。あの子は若いし、親切だし、頼りになるし」

思いきり持ちあげた。

「あの子……なのか」

喉につまった声を寺本があげた。

「そう。あの子は、あの子。それ以上の呼び方はないような気がする。どう、ぴったりでしょ」

得意げにいってやる。

「俺には薄汚ねえ、そのへんの洟たれ小僧にしか見えねえけどよ」

憎々しげな口調で横井がいった。

「あらっ、それは偏見。年を取ると若い子が羨ましくなるのよ。現に私も年を取って、若い子が羨ましくてしようがないもの」

理央子はわざと楽しげにいう。

「あの小僧ほどじゃねえけど、俺だってまだ充分に若いつもりだけどよ」

寺本が悔しそうにいう。

「寺本さんはしっかりしてる分だけ、老成して見えるからね」

少し持ちあげてから、理央子はその場を離れて鍋の様子を見に行く。あまり煽りすぎても、ろくな結果にならない。そう考えながら横井と寺本に目をやると、変らず順平のほうを睨みつけていた。相当苛ついているに違いない。

鍋の火加減を調節してから、理央子はまた順平の前に行く。

「何を話してたんですか。俺を見る二人の目付きが変ったような気がしますけど」

低い声で順平がいった。

「特に何も。順平君のことをちょっと褒めてきただけ」

明るい声でいうと、

「理央子さん、あまり無理はしないでください。俺の勘からいうと、あの二人はもうすぐ何かやらかすはずです。それも二人でつるんで」

「二人で、つるんで！」

「だと思います。その相談しているように俺には見えます」

そういうことなのだ。だから、ひそひそと話をしたり、二人で一緒に帰ったり。そういわれれば辻褄は合う。

「でも心配はいりません。何があろうと俺は理央子さんを守ります。それが俺の使命ですから。俺はワルですけど、筋だけはきちんと通します」

きちんと筋を通す――。

理央子が好きだから守るのではなく――むろんそれもあるとは思うが、それよりも順平は筋を通すとはっきりいった……何か理央子の心を揺さぶるような言葉に聞こえた。

そして、何か懐かしさのような違和感も。

「順平君はワルなのに、筋を通すのが好きなの?」

こんな言葉が口から出た。

「そういう生き方を、今までしてきましたから」

やっぱり、懐かしさのような違和感を理央子は覚えた。


筋を通す、ワル――。

そんなことを考えながら、理央子は珈琲屋の扉を押した。

ちりんという鈴の音を耳にしながら、理央子はカウンター席に向かう。今日は冬子の姿はなく、島木がいた。

「これはこれは、お姫様。ようこそのおこしで、まったく恐悦至極」

大げさな言葉を出して、島木は隣の席を理央子にすすめる。その席に座り「ブレンド、お願いします」と声をあげると、行介がごつい顔を崩してうなずいた。

「どうですか、順平君の用心棒ぶりは」

島木の問いに、

「よくやってくれています」

と、横井と寺本との様子を、ざっと話して聞かせる。

「そうですか。睨み合いをしていますか。となると血の雨が降るのは、もうこれは時間の問題ということになりますな」

すぐに軽口を飛ばしてくる島木に、

「軽率だぞ、島木。言葉をつつしめ」

行介が声を張りあげて、島木は首を竦める。

「申しわけない。しかし、実のところ、本当に大丈夫なんだろうか。順平君一人で」

今度は心配そうな声をあげた。

「そうだな。あいつも荒事には慣れているはずだが、相手が二人同時ということになると」

くぐもった声を行介が出した。

「無理か、順平君一人では」

「無理とはいえないが、あいつは体が細い分、俺と違って打たれ弱いからな」

「そうなると、ここはやっぱりお前さんの出番ということになるんじゃないか。行さんが出向いて、その二人に睨みを利かせれば、相手もあまりのことはしないような気がするが」

ここぞとばかりに、島木は行介を焚きつける。

「いえ、それは」

思わず理央子は声をあげる。

ここで行介に出ていかれては、理央子の期待していたことがおきなくなる気がした。それでは困るのだ。順平が痛い目にあわなければ。そして、その後に本番ともいえる理央子の出番になるのだ。

「順平君は、自分一人で大丈夫だといってましたから、その点は――行介さんが出ていけば小競り合いもなくなってしまって、あの二人を出入り禁止にすることもできなくなりますし」

こんなことを理央子はいった。

「確かにそれもひとつの道理。できれば小競り合いだけですませて、それを理由に出入り禁止で幕引きというのが、いちばんいいですからな」

島木が盛んにうなずくのを見て、視線を行介の顔に向けると――訝しげな目で理央子を見ていた。やっぱりこの人は何かを怪しんでいる。

「なら、行さん。ここはしばらく静観ということにしよう。もし、いよいよ危なくなったら、そのときは行さんの出番ということにしてだな」

島木の断定的ないい方に、

「そうなったら俺じゃなく、警察の出番だ」

釘を刺すように行介がいった。

「おう、そうだった。我が国には、そんなときのために国家警察というものがあった。本当に危なくなったら、それはやっぱり、警察ということになるな、理央子さん」

「警察……」

と理央子は呟く。

それまで理央子の頭のなかに、警察という言葉はなかった。もし、この件に警察が介入してくるとなると、いったいどんな展開になるのか。そのあとの自分の計画は……。

「そうですね。本当に危なくなったら、やっぱり警察ですね。それが本筋ですね」

と口走ったとたん、順平のいった筋を通すという言葉が頭に湧きおこった。

「あの私、行介さんと島木さんに、ひとつお訊ねしたいことが」

思いきって口に出した。

「その前に、まずこれを」

行介は「熱いですから」と言葉を添えて、理央子の前に湯気のあがるカップを置いた。

「あっ、いただきます」

理央子はカップを両手でつつみこむように持ち、そろそろと口に運んだ。芳潤な香りが、ふわっと鼻をくすぐる。少し口に含んでこくっと飲んだ。

「おいしいです」

ぽつりといって、しばらくコーヒーを飲むのに専念した。

「それで、理央子さんの話というのは」

しびれを切らしたのか、島木が催促の言葉をあげた。

「実は、その順平君のことなんです」

カップを皿に戻し、理央子は行介と島木の顔を交互に見る。

「順平君、奥の席に座るようになってから、使命だとか筋を通すだとか、とても真面目な顔で口にするようになったんです」

理央子はここで一呼吸置き、

「これは決して自慢話のつもりじゃないんですけど、てっきり順平君は私に好意を持ってるからこそ、今度の妙な仕事も一生懸命やっているんだとばっかり」

前置きをしてから、先夜の順平とのやりとりを、都合の悪い部分を除いて行介と島木に話した。

「好きだから守るというよりは、筋を通すために守るか……確かに順平にしたら難しいというか、似合わないというか。そんな言葉のようにも聞こえるな」

島木が小さく首を振る。

「だから、何となく私も違和感のようなものを感じて」

と吐息まじりの声を理央子が出すと、

「順平は理央子さんを、諦めたんだよ」

ぽつりと行介がいった。

「えっ、そうなんですか。それならもう体を張って私を守る必要なんて……」

叫ぶような声を理央子はあげた。

「何があったかは、わからないが――」

行介はこういって、じろりと理央子を見た。

また、あの目だ。

「諦めはしたが、自分なりの筋を通すために命を張ってでも理央子さんを守る覚悟を決めた。そういうことだと、俺は思うよ」

しんみりとした口調だった。

そうなると順平の筋というのは、昭を死に追いやった罪悪感――そういうことになるのだろうが、あのワルで刑務所帰りの順平が、そんな殊勝な心をはたして……。

「順平は――」

行介が凜とした声をあげた。

「妙なことをいうようだが、あいつはワルだが正義感が強いんだ。ワルではあるが、真直ぐな人間なんだ。決してチャラっぽい剽軽なだけの人間じゃない。上っ面だけはそう見せているが根の部分は――」

理央子の顔を凝視した。

「優しい心の持主だと思うよ。俺は八年間あっちにいたが、刑務所のなかでは多かれ少なかれ誰もが本音を覗かせる。あいつと一緒にいた俺がそう感じたんだから、そういうことなんじゃないかな」

諭すように行介はいった。

理央子の心がぐらっと揺れた。

順平は正義感の強い、真直ぐな人間——。

同じだった。司法試験に挑んだ昭と。

昭はまっとうな正義感を持ち、順平はワルなりの正義感を持っていた。そして、二人とも真直ぐな人間で、使命という言葉をよく使った。

先夜、理央子が覚えたのは、懐しさのような違和感ではなく、既視感なのだ。自分は順平の向こうに昭を感じていた。いや、昭と順平は重なっていた。ひょっとしたら自分は順平のことを……。

違う。順平は昭を死に追いやった張本人なのだ。そのために自分は順平をこの手で殺そうと……そんな男に好意を持つことなどは断じて。

「違うっ」

泣き出しそうな声を理央子はあげた。

「えっ。どうかしましたか、理央子さん」

島木が、ぎょっとした目を向けた。

「あっ、すみません。ちょっと頭がこんがらがって。大きな声を出してしまって」

理央子は目の前のカップに残っていたコーヒーを一気に飲んだ。ポケットから財布を取り出し、慌てて硬貨をカウンターに並べた。

「失礼しました。今日はこれで帰ります」

早口でいって背中を向けた。


今夜も順平は奥の席に、そして横井と寺本はカウンターの真中あたりに陣取って睨み合いをしている。が、横井と寺本の様子がいつもとはちょっと違っているようにも見えた。二人の顔に浮んでいるのは、緊張感だ。となると今夜あたり。

そんな二人から視線を順平のほうに向けると、いつもの硬い表情でビールをちびちびと口に運んでいる。

順平は正義感の強い、真直ぐな人間。

理央子の脳裏には、行介のいった言葉がぴったりと張りついて離れない。しかしこの言葉が本当だとしたら、なぜ順平は暴力を振るったのか。また違和感だった――やっぱり順平は根っからのワル。こう考えるのがいちばん妥当な気が……。

看板の時間になった。

「みなさん、看板ですから、そろそろ腰をあげてくださあい」

両手を叩きながら、理央子はレジ台の前に立つ。

十分後、ほとんどの客は店から出たが、横井と寺本はまだ居残っている。そして奥の席の順平も。

ちらっと理央子の顔に目を走らせてから、横井と寺本がゆっくりと順平の横に立った。

いよいよ始まる。

理央子は息をのんで三人の様子を見守る。

「兄ちゃん。何だっておめえはいつも看板になってもそうやって、その席に居残ってるんだ。よかったら教えてくれるか」

ドスの利いた声を横井が出した。

「俺はこの店の、用心棒代りだから」

ぽつりと順平は答える。

「ほうっ。いってえ誰に対する用心棒なんだ」

寺本が順平の顔を睨めまわす。

「あんたたち二人に対してだよ。行儀の悪すぎる、あんたたちのな」

いきなり、順平が挑発した。

とたんに、横井と寺本の顔が歪むのがわかった。

「なるほどな。理由はよくわかった」

にやっと横井が薄笑いを浮べた。

始まる。

理央子は両の拳を握りしめた。

「なら、一緒に帰ろうじゃないか。それなら何の文句もねえだろう。一件落着ということじゃねえか」

なんと、横井は順平に一緒に帰ろうと誘いをかけた。ということは、この店のなかでやり合うのではなく、外で――ということになるのか。

理央子の体から、すっと力が抜けた。だが、外でやり合うということは、店のなかの物が壊れることもないということだ。理央子にしたら好都合だったが、順平の殴られる姿が見られないのは残念な気がした。

「わかった。外に出よう」

順平は横井の言葉に従い、のそりと立ちあがった。

「理央子、またな。ほら二人分だ。釣りはいらんぞ」

といって横井は一万円札を一枚、カウンターに置いた。今夜はえらく気前がいい。

理央子に向かって順平がぺこりと頭を下げ、三人は連れ立って外に出ていった。

理央子はぺたんと、カウンターのなかのイスに腰をおろした。

緊張感が抜けた。

三人はどこかの暗がりで殴り合いを……理央子はそんなことを考えながらイスに座っていた。鍵をかけるのも面倒な気がして放っておいた。

十分ほどが経った。

引戸が、とんとんと叩かれた。

ぎくりとして理央子は腰を浮かす。

「理央子さん。あの若いのが……」

寺本だ。

「あっ、鍵はかかってません」

がらりと引戸が開いた。横井も一緒だった。

思わず声をあげた。

二人が店のなかに入り、引戸に鍵をかけた。嫌な予感がした。

「あの、順平君は」

上ずった声をあげた。

「知らねえよ、そんな小僧は。本通りのところで別れてきたからよ」

意外な言葉を口にした。

「じゃあ、お二人はなぜここへ」

声が裏返った。

「決まってるじゃねえか。あんたといいことをするんだよ。そのために、まず邪魔な小僧をここから連れ出したんだよ」

横井の言葉が終らぬうちに、寺本がカウンターのなかに入ってきてポケットからナイフを抜き、理央子の首に突きつけた。

「スマホを出せ」

低い声でいった。

理央子はカウンターの下に置いてあったスマホを手に取って、寺本に渡す。

「あんたたち、こんなことをして警察が黙ってはいないわよ。二人とも逮捕されて刑務所行きよ」

叫んだ。泣き声に近かった。

「逮捕なんか、されねえよ。こいつで、やっているところをすべて写すつもりだからよ。もちろん、あんたの恥ずかしい部分も大写しでよ」

横井がスマホを手に、いやらしい笑みを浮べた。

「だから、もしあんたが警察に訴えるということをすれば、その恥ずかしい映像がネットで世界中にさらされることになる。永久的にな」

涎をたらすような顔で後をつづけた。

「そんなこと」

理央子の顔が引きつった。

「なら、奥へ行くか。じっくり一晩中、楽しもうぜ」

寺本が上ずった声をあげたとき、引戸がばんばんと叩かれた。

「おい、開けろ。開けねえと、戸を叩っ壊すぞ」

あの声は順平だ。

「くそっ。あの小僧、戻ってきたのか」

寺本が舌打ちをし「どうする」と横井の顔を見る。

「しょうがねえ、開けるか。中に引きずりこんでボコボコにすれば、それで事はすむ」

独り言のように横井はいい、引戸に近づいて錠を外す。すぐに順平が飛びこんできた。

店のなかをぐるりと見回し、

「いやにおとなしく俺を解放するから、これはおかしいと思って戻ってみたら、このザマだ。大当たりだったぜ」

ほっとしたような顔で順平はいう。

「やかましい、くそ小僧が。すぐにおとなしくさせてやるから、そう思え」

横井が寺本に向かって顎をしゃくる。

すぐに寺本が理央子を引っぱって、カウンターの外に出てきた。店の隅に理央子を追いやり、ナイフを手にして順平に迫った。

「そんなものは使わねえほうが、利口だと思うぜ。俺を刺せば、この場は収まったとしても、あんたたちは確実に刑務所行きだ。それでもよければ刺してみな」

順平は大手を広げて寺本の前に立った。

「おいよせ、そんなものを使うのは。要はこいつをおとなしくさせればそれでいい。ボコボコにすりゃあいいんだ」

いうなり、横井は太い腕を伸ばして順平の胸倉をつかみにきた。どうやら柔道でもやっていたようだ。

順平の体がさっと横に動いて、右のストレートが横井の顔を襲った。が、頑丈な横井は一瞬、ふらりとしただけで立っている。

「俺にまかせろ」

寺本が叫んで、ちらりと理央子のほうに視線を走らせてから順平の前に飛びこんだ。左のジャブが順平の顔面を襲った。そのあとは右のフックだ。これをかわして、順平の金的蹴りが寺本の股間に飛ぶ。うっと呻いて寺本が前屈みになる。

順平はなかなか強い。

「てめえら、足腰の立たねえようにしてやるから、そう思え」

順平が吼えた。

前屈みになった寺本に近づいた。

そのとき理央子が叫んだ。

「順平君、怪我をさせたら駄目。そんなことしたらまた刑務所に逆戻り。せっかく出てきたんだから、もっと冷静になって考えて」

叫んでから理央子は愕然とした。

自分は、順平の身を心配している。あの、殺すはずの順平を。

そう思ってから、いや、順平が刑務所に入れば殺すことはできなくなる。だから自分は声をあげたのだ。そういうことなんだと自分に強くいい聞かす。

順平のほうを見ると、理央子の声が届いたのか、寺本の連打を受けていた。まったくの無抵抗のようにも見えた。

理央子はちらりと奥につづく扉を見る。

隙を見て奥の部屋の電話で警察に連絡するのだ。

視線を順平に移すと顔が血だらけになっていた。理央子の胸がぎりっと疼いた。何だか目の奥が熱くなった。

「順平君っ」

心の奥で順平の名前を呼んだ。

順平が血だらけの顔を理央子に向けた。

笑っていた。
理央子の目から涙がこぼれた。

これから

行介は小さな吐息をついた。

カウンターの向こうには、冬子と島木、それに順平が座っている。

順平の顔はまだかなり腫(は)れていた。

右頬と唇の両端には赤黒い擦(す)り傷が残り、左の眉の下は皮膚がざっくり割れて、縫った跡が見える……文字通り、傷だらけの痛々しい顔だった。

「大丈夫か順平。まだ腫れは引いてないようだが」

行介は労(いたわ)りの声をあげる。

「大丈夫ですよ、兄貴。ヤマは越えて、今日から快方に向かうはずですから。自慢じゃないっすけど、この程度の怪我は慣れてますから」

顔をしかめながら、順平はほんの少し笑ってみせた。

「病院でもらったという、炎症止めの湿布はどうしたの。貼ってないの」

怪訝(けげん)な面持で冬子がいう。

「化膿止めは飲んでますが、湿布はちょっと――俺たちはこんなとき、いつも馬肉を貼りつけてましたから、ちゃんとアパートにいるときはそれを」

ちょっと恥ずかしそうに、順平は声をあげる。

「馬肉！」

素頓狂な声を島木が出した。

「なるほど、馬肉ですか。昔からそういう治療法があるとは聞いてましたが、やっぱりあったんですねえ」

感心したように後をつづけた。

「馬肉でも何でもいいんだが、とにかく怪我は快方に向かってるんだな」

行介は念を押すようにいい、また小さな吐息をついた。

『伊呂波』で乱闘騒ぎがあってから、三日目の夕方だった。

順平によれば、あのとき――。

隙を見て理央子は奥から警察に連絡し、横井と寺本は駆けつけた警察官に現行犯逮捕され、順平は救急車で病院に運びこまれた。

頭部と顔面のレントゲン写真を何枚も撮られ、異状がないことが確認されてから、傷の治療を受けた。いちばん酷かったのは左の眉の下の裂傷で五針縫われたが、あとは内出血と打撲ということでその夜のうちにアパートに帰った。

昨日は理央子と一緒に警察で詳細な事情聴取を受けたが、むろん、順平には何の咎めもなかった。

「しかし順平。よく、我慢したな。お前の根性と馬力なら相手を半殺しの目にあわせることができただろうに。ただ、過剰防衛になったら前科のあるお前は、無事ではすまなかったかもしれんが」

ほっとしたような行介の言葉に、

「理央子さんの、おかげです」

と順平はいい、そのときの様子をさらに話した。

「なるほど。理央子さんが、怪我をさせたら刑務所に逆戻りと……そうですか、そんな言葉を理央子さんが」

聞き終えた島木が、いかにも羨ましそうにいった。

「はい。それで俺は我に返り、殴ることをやめて相手からされるままに。その結果、刑務所行きをまぬがれました。理央子さんには本当に感謝しています」

掠れた声を順平は出した。

「それだけ理央子さんは、順平君が好きなのよ。その切羽つまった気持が、思わずその言葉を出させたのよ――何だかんだといっても、理央子さんはやっぱり、順平君が好きだったのよ」

熱っぽい声を出して、冬子が順平の背中をとんと叩いた。

「いえ、それは違うと……」

順平は両肩を落して、うつむいた。顔が歪んでいた。

「何、違うって。私、何か変なこといった」

呆気にとられたような冬子の声に、

「そういうんじゃないと思います。理央子さんは俺が刑務所に入ると、困ることがあって。だから、そういうことだと思います」

蚊の鳴くような声で、それでも順平は一気にいった。

「なんで、順平君が刑務所に入ると理央子さんが困ることになるんだ。私にはさっぱりわからないが」

島木が首を捻った。

「それは……」

押し殺した声を順平は出し、それっきり口を閉じた。

「ちょっと順平君、どうしたの。なぜそこで黙るの」

順平の肩を冬子は揺するが、小さく首を振るだけで何の言葉も返ってはこない。

無言の時間がつづいた。

順平の肩が小刻みに波打った。順平は泣いていた。

「順平――」

行介は穏やかな声で呼びかけた。

「この際、全部話してみたらどうだ。お前と理央子さんの間に、いったい何があったのか。お前が抱えている、心の闇とは何かを」

順平が、両の拳を握りしめるのがわかった。

「おそらく、お前がおこした、あの事件絡みのことだとは思うが」

「あの事件絡みって、順平君がおこした傷害事件のことか。あの事件に理央子さんが関係しているというのか、行さん」

驚いた声を島木があげた。

「俺はそう思っている。順平の行動、理央子さんの様子――それから考えると、そうとしか俺には思えん」

行介は島木にいってから、

「なあ、俺たちはみんなお前の味方だ。すべて話してみないか」

順平に語りかけた。

「俺は……」

ぼそりと順平が声を出した。

「俺は理央子さんの、仇(かたき)なんです。俺は……」

絞り出すような声だった。

「……ということは、理央子さんはあの事件で自殺をした被害者の身内ってことなの」

啞然とした表情を冬子は浮べた。

「そうです。理央子さんは自殺した須藤昭さんの恋人……そうに違いありません。だから俺が刑務所に入ってしまえば、恋人の仇を討つことができなくなって……」

順平がゆっくりと顔をあげた。涙でべたべたの顔だった。何度も洟をすすった。

「そういうことか、やっぱり」

行介は呟き、

「だが、事はそれだけか。お前の抱えている闇はそれだけじゃないと俺は思っている。第一、お前は理央子さんと知り合う前から様子がおかしかった」

真正面から順平を見た。

「話してみろ。真実はひとつだ」

順平の体が、びくんと跳ねた。

「……実をいえば」

ようやく重い口を開き、順平はあの事件の真相をぽつぽつと話し出した。

順平がすべてを語り終えるまで、三十分近くかかった。その間、誰も口を挟まず、行介たちは無言で話を聞いた。

「それじゃあ!」

癇(かん)高い声を冬子があげた。

「あの事件の真犯人は順平君ではなく、その国本っていう男だというのか。それを順平君が肩代りをして刑務所に。そんなことが本当に!」

信じられないという表情で、島木がまくしたてた。

「すみません、信じられないでしょうけど、すべて事実です。俺はあのとき、国本の野郎に泣きつかれて、それでつい」

「そんな、つい引き受けることじゃないでしょ。それに、その国本って男は、順平君が刑務所から出たあと、一度だけ会って、あとは弁護士までよこして逃げまくっているわけでしょ。人間のクズじゃない」

吐きすてるように冬子がいった。

「今の話のなかで、お前は国本という男から恩を受けたことがあるっていってたが、いったいどんな恩を受けたというんだ」

「それは……」

行介の問いに順平は一瞬押し黙ってから、これもぽつぽつと話し出した。

順平が中学二年の夏休み、母親が住んでいたアパートから突然姿を消した。

母親はスナック勤めをしていたが、父親はそのヒモのような存在で、それまでも二人はしょっちゅう喧嘩をしていた。

　このときもいつものように、二、三日すれば帰ってくるだろうと父親は高を括っていたようだったが、そうはいかなかった。五日たっても六日たっても一週間が過ぎても母親は戻ってこなかった。

「あのアマ、逃げやがった」

　こんなことを口走って、父親自身も住んでいたアパートから姿を消した。

　一人残された順平は残り物を食いつないで二人の帰りを待ったが、父親からも母親からも何の連絡もなかった。

　十日目に食べ物がなくなった。それから三日の間、順平は水道水を飲んで過した。体中がしぼんで縮こまり、よれよれの状態だった。頭のなかにあるのは食べ物のことだけだった。

　飢えの辛さを順平は初めて知った。

　こうなったらあとは万引きしかない。そんな気持で外に出て、ふらふら歩いているところで出くわしたのが国本だった。

「どうしたの、順平君。顔色悪いけど」

　国本のこの言葉に順平の体から一気に力が抜け、その場にしゃがみこんだ。事のいきさつを順平は国本に話した。そして、すがる思いで国本を見た。

「何だ、そんなことか」

話を聞いた国本は薄く笑って、順平をコンビニに連れていった。そこで国本はオニギリ三個とサンドイッチをひとつ買って、順平に渡した。

「これで何とか、頑張ってみて」

順平はそれを持って家に帰り、オニギリ一個を食べた。うまかった。こんなにうまいものを食べたのは初めてのような気がした。

食べながら順平は泣いていた。

その日順平はオニギリを二個だけ食べ、あとのものは明日からのために残しておいた。父親が帰ってきたのは、それらがなくなった次の日だった。母親はとうとう戻ってこなかった。

こんなことを順平は、暗い表情で語った。

「へえっ、そんなことがあったの。中学二年っていったら、まだまだ子供の延長線上なのに、大変だったわね」

しみじみとした口調で冬子がいった。

「しかしまあ、ちゃんと食べ物をなんとかしてくれた国本もけっこう優しい心の持主じゃないですか」

何度もうなずきながらいう島木に、

「違います。あいつはそんな奴じゃありません」

順平はきっぱり否定した。

夏休みが終って順平が学校に行くと、すぐに同級生たちが集まってきた。

「大変だったね。でも元気そうで安心した。これからも頑張ってね」

順平の周りを取り囲み、同級生たち、特に女子たちはこんなことを口々にいって順平を励ました。

最初は何がおきたのかわからなかったが、集まった同級生たちの後ろで国本が得意満面の表情で立っているのを見て、順平はすべてを理解した。

順平は知らなかったが、あのあと国本はあのときの様子を詳細に書いて、ケータイを持っている同級生たち全員にメールで送りつけたのだ。

むろん、順平はケータイを持っていない。あとでその文面を同級生に見せてもらうと、哀れな順平の様子とそれに対応する国本のあれこれが、嫌みにならない程度の文章で美談風に得意げに書かれてあった。

「えっ！」

と話を聞いていた冬子が声をあげた。

「ということは、その話は、国本の善意じゃなくて売名ってこと？」

「あいつの家は金持ちで、国本自身も頭が良くて……目立ちたがり屋というかモテたがり屋というか、でも根の部分の冷たさが時々表に出てくるので人気のほうはイマイチ——で、国本はそれが悔しくていろいろと策を……」

「家が金持ちで、頭がいいのか」

独り言のように島木がいい、

「それで国本は顔のほうはどうなんだ。まさか二枚目ということはないだろうな」

それが気にかかっていたのか、早口でまくしたてた。

「残念ながら国本はちょっとしたイケメンです。自分でもそれを自覚していて髪型や肌のケアには随分気を遣っていたようです。もちろん、ファッションのほうにも」

さらっという順平に、

「許せんなそういう輩(やから)は、断じて許せんな。それで、その国本はモテていたのか」

島木は食ってかかるようにいう。

「そこそこでしたけど。国本の性格を見抜いて嫌う子もいましたから」

「おう、そうでなくてはな」

つるっと島木は、自分の顔を右手でなでる。

島木は中肉中背だったが、髪のほうはかなり後退していて、腹もけっこう出てきている。商店街一のプレイボーイといわれる島木の武器は国本とは正反対の、優しさと真心だった。

「しかし、そこそこ、モテるとは……」

まだ何か口のなかでぶつぶついっている島木に、

「そんなことはどうでもいいだろう。今、大事なのは順平の事件の真実を知って、俺たちはどうすればいいのかということだろうが」

行介が一喝すると、島木は慌てて姿勢を正す。

「何もしなくていいです。事はすべて終っていますから」

ぽつりと順平がいった。

「駄目っ。真実が出た以上、事は終っていない。その真実を明らかにするために、順平君は裁判をおこして闘わないと」

冬子が叫ぶような声をあげた。

「一事不再理――」

すぐに行介は重い口調でいった。

「日本の法律では、よほどの新しい証拠がない限り、再審を請求するのは無理だ」

「そんな……そんなことでいいの。せっかく本当のことがわかったのに、そんなことがまかり通って」

悔しさを滲ませた冬子の声が響いた。

一瞬、周りが静まり返った。

「それは、それとして」

凛とした声をあげて行介は順平を見た。

「俺たちには何もしなくていいというお前自身は、いったい何をするつもりなんだ。国本を殺すつもりか。それで終止符を打つつもりか。そういうことじゃないのか、順平」

沈黙がまた周りをつつみこんだ。

「はいっ」

しばらくして順平が肯定の言葉を出した。

島木と冬子の口から、声にならない悲鳴のようなものがあがった。

「理央子さんは、須藤さんの仇である俺を殺すつもりでこの町にきたはずです」

順平はこういいきった。

「でも本当の仇は国本です。だから俺は、まず国本を殺して、そのあとに」

順平は言葉を切った。

「そのあとに、どうするんだ。理央子さんにお前を殺させるつもりか。理央子さんを殺人犯にするつもりか」

「いえ、そんなつもりは」

順平は喉につまったような声をあげ、

「理央子さんの前で、俺は潔く自分で命を断つつもりでいます。それで、すべてがきちんと納まるはずです」

苦しそうにいった。

「理央子さんに誤解を与えたまま死んでいって、お前はそれでいいのか。悔しくはないのか」

「悔しいですけど仕方がないです。今更、真相はこうだといっても、単なるいい訳にしか聞こえないでしょうから。そんな恥ずかしい思いをするくらいなら、手っとり早く――」

「なら、真相を知らされないまま、無理やり決着を押しつけられた理央子さんの気持はどうなるんだ。それは、いくら何でも無責任じゃないのか。酷いんじゃないのか」

「それは」

と口ごもる順平に、

「ここはやっぱり、恥ずかしかろうが何であろうが、きちんと事のすべてを明らかにするのが筋というもんじゃないか」

行介は筋という言葉をぶつけた。

「筋ですか……」

順平は苦しそうに顔を歪めてから、

「それは、そうですけど」

ぼそっといった。

「お前もちゃんとした男だったら、きちんと筋を通せ。中学二年のとき、食べ物を買ってくれた国本に恩を返したように、ここはきちんと筋を通せ。それが俺たちのようなワルの最低のルールだ」

「わかりました。兄貴のいうように、筋を通します。恥ずかしいですけど」

ぺこりと順平が頭を下げた。

「それなら段取りは、俺がする。ここに理央子さんを呼ぶから、お前は真実をきちんと話せ。あとのことは、それから考えればいい」

行介の言葉に順平がうなずく。

「それからな」

行介は口調を優しげなものに変え、

「お前の話を信じるか信じないかは、理央子さんが決めることだ。お前が勝手に決めることじゃない。そういうことだ」

噛んで含めるようにいった。

「わかりました。頑張ってみます。すみません、何から何まで」

順平のこの言葉で、ようやく周りから緊張感が和らいでいった。

「それにしても――」

冬子が、明るすぎるほどの声をあげた。

「順平君って、行ちゃんによく似てる。筋を通せだの、ちゃんとした男だったらなどという言葉に素直に反応したり――」

「あっ、そうですね。いわれてみれば、よく似ているかもしれません。何といっても俺の兄貴ですから、行介さんは」

背筋を伸ばして、順平がいつもの口調で応えた。

「似てないだろ。俺は順平ほど、大馬鹿じゃないから」

行介は軽口を飛ばす。

「何を今更。行さんは大馬鹿の見本のようなものだよ。なかなか、こんな大馬鹿はそんじょそこらにはいませんね」

島木が笑いながらいう。

「そうそう、こんな美人をほったらかしにしてさ。いったい全体、何を考えているのか。解剖して頭のなかを詳しく調べてもらわないとわからないわよね」

と冬子は辛辣(しんらつ)な言葉を出してから、

「いい、順平君。女性に対するあれこれだけは、絶対に行ちゃんのまねをしちゃ駄目だからね」

おどけた口調でいった。

「おい、冬子、俺は何もそんなことは……」

弁解する行介を封じるように、

「ところで、順平君」

と島木が、やけに真面目な口調でいった。

「君は中学二年のとき、国本から食べ物の恩恵にあずかった。そして律儀にも、その恩を返すために、あの事件の身代りになった。これで君の国本に対する恩はすべてチャラになった。そう考えていいんだろうね」

「チャラにはなりましたが、島木さんの考えていることとは、ちょっと違うような気がします」

順平は妙なことをいった。

「食べ物の恩がチャラになったのは、事件の身代りではなく国本が俺を裏切って被害者をおろそかにし、それを咎める俺から逃げたことです。このことですべての恩はチャラに。ちょっとわかりにくいかもしれませんが、そういうことです」

「確かにわかりにくいな……まあそれが、行さんや順平君たちのいう筋というものかもしれんが」

島木は軽く頭を振り、

「とにかく、チャラになったということは、この先どんな展開になっても、順平君が国本に対して恩情を持つことはないということだな……念のために訊いてはみたが、これですぱっとパズルがはまってすっきりした。それにしても、やっぱり順平君は行さんに似ている。行さんも時々、この手の訳のわからないことを口にすることがあるから」

溜息まじりに島木はいう。

「二人とも、真面目すぎるのよ」

ぽつりと冬子が声に出すと、

「五八五円――」

と意味不明の数字を順平が口にした。

「あのときのオニギリとサンドイッチの代金です。この数字を俺は生涯忘れることはないと思います」

「ああ……」

といって、島木と冬子は、まじまじと順平の顔を見た。

「なら順平。俺は今夜、伊呂波に行って理央子さんにこの店にきてもらう約束を取りつけてくる。お前はいつまで仕事に行かなくていいんだ」

行介は、肝心なことを口にした。

「まともな顔になるまで会社にはくるなといわれてますから、俺はここ二、三日ならいつでも、どんな時間でもいいですよ」

「そうか。じゃあ、俺に一任ということで話を進めるから」

行介のこの言葉で、場は無事に収まった。

その夜、看板の一時間ほど前の時間に、行介は伊呂波を訪れた。

引戸を開けると、やはりまだ客はいっぱいで空いている席は誰もが座りたくない、手前の隅だけのようだ。

「あっ、行介さん。いらっしゃい」

理央子はカウンターに視線を走らせるが、むろん空いている席はない。

「すみません。空いているのは、その隅の席だけで……」

申しわけなさそうにいう理央子に、

「ここでけっこうです。あまり気にしないでください」

笑みを浮べて、行介は隅の席に体を押しこめ、瓶ビールと適当におでんを注文する。

理央子は冷蔵庫から瓶ビールを取り出し、行介のグラスに注ぐ。行介はそれを二口ほど飲み、

「大変でしたね、いろいろと」

労りの言葉を理央子にかける。

「順平君がいろいろと活躍してくれて、何とか事なきを……本当に順平君には何度頭を

下げても足らないほどで」

そんな話を二人でしばらくしてから、

「実は、その順平のことで、理央子さんにお話があります。店を閉めたあと、少し時間をとってもらえませんか」

行介は単刀直入に話を切り出した。

一瞬、理央子の表情に翳りが走ったように見えた。しかし、そのすぐあと、

「わかりました。どれだけでも、おつきあいいたします」

理央子は何でもない口調でいい、カウンターの中央に戻っていった。

看板までの一時間ほどはあっというまに過ぎ、最後に帰る客たちは行介と理央子の顔を羨ましそうに見ながら店を出ていった。

「どうぞ、行介さん。いつもの席のほうへ」

いわれるまま行介は奥の席に移動し、理央子はカウンターを挟んでイスに腰をおろす。

新しいビールが理央子の手で行介に注がれる。そのビールを行介は一気に飲みほし、

「失礼を承知でお訊ねしますが、理央子さんは一年ほど前に亡くなられた須藤昭さんのお身内でいらっしゃいますね。有体にいえば、須藤さんの恋人――」

前置きを抜きにして、行介は正面から理央子に斬りこんだ。

理央子の目が真直ぐ行介の顔を見た。

「どこで、それを」

「順平から聞きました。理央子さんはその復讐のために、自分を殺すためにこの町にやってきたんだと」

つつみ隠さず行介は話した。

それが理央子に対する、礼儀のような気がした。

「順平君がそんなことを――そうですか、やっぱりあの子はすべて気がついていたんですね。気がついていながら、私を守るために傷だらけになって。変な子ですね」

「変な子じゃないですよ。あいつは一途な思いで理央子さんに惚れている。ただそれだけのことだと俺は思います」

かすかに理央子が動揺するのがわかった。

「それはそれとして、本題に入らせてもらうことにします」

行介の言葉に、理央子の目のなかに睨みつけるようなものが混じった。

「その前に、ひとつだけ確かめたいことが」

行介は理央子の強い視線を受けとめ、柔和な声を出した。

「何でも訊いてください。こうなったら、すべて正直にお答えします」

「さっき俺は、理央子さんは恋人の復讐のため、順平を殺しにこの町にきたといいましたが、これに間違いはありませんか」

理央子の視線が、行介から少しそれた。

小さな時間が流れた。

「間違いありません。私はそのために、この町にやってきました」

はっきりした口調でいった。

「わかりました。じゃあ、今夜この店に俺がきた目的をいいます」

行介はひと呼吸置いてから、

「その殺す相手の順平から、一度話を聞いてやってくれませんか。話の内容はいえませんが、とても大事な話です。何とかよろしくお願いいたします」

理央子に向かって深く頭を下げた。

店の時計を見ると四時五分前。

約束の時間まで、あとわずかだ。

「おい、本当に理央子さんは、くるんだろうな」

カウンター席の島木が隣の順平に、ちらりと目をやりながらいった。

「くる。理央子さんは嘘をいうような人じゃない。くるといったら必ずくる」

はっきりした口調で行介はいった。

あのとき、行介の申し出に理央子はこんなことをいった。

「あの事件以来、私は誰も信用できなくなりました。でも、人を殺したことのある、行介さんだけは別です。その行介さんが大事な話だというのなら、きっとそういうことなんでしょう。だから、行きます。順平君の話を聞きに。でも——」

底光りのする目で行介を見た。

「場合によっては、私はその場で順平君を」

ぽつりといった。

行介は絶句した。

言葉が見つからなかった。

理央子の顔を凝視した。

「理央子さんにすべて、任せます」

こんな言葉が口から出た。

「そう……」

短く答えた理央子は、ぎゅっと口を引き結んだ。

これが、あの夜の理央子と順平君とのやりとりだった。

「だけど、理央子さんが順平君の話を信用しなかったら、そのときは怖いことに」

奥の席に座っていた冬子が、低い声を出した。するとすぐに、

「大丈夫です。もう腹は括っていますから。理央子さんがそれを望むなら、俺は喜ん

で」

　順平が疳高い声でいった。

「そんなこと……ねえ、行ちゃん」

　冬子が喉につまった声をあげた。

「冬子のいう通り、それだけは避けたいが、理央子さんがそれを望んで、順平も良しとするなら……わからん、今度ばかりはどうしたらいいのか、俺にもわからん。ここで止めたとしても、このあとは……」

　ざらついた声が出た。

「そうか。二人の利害が一致しているのなら、ここで阻止したとしても、いずれどこかでということに」

　島木が独り言のように呟いたとき、扉の上の鈴がちりんと鳴った。

　入ってきたのは理央子だ。

　理央子は真直ぐカウンターの前まできて、

「約束通りきました。順平君の、大事な話というのを聞きに」

　顔は青ざめていたが、はっきりした口調でいった。

　すぐに順平が立ちあがって、理央子にすまなそうな表情で頭を下げる。順平の顔も理央子同様、青ざめていた。

「それにしても」

と理央子が四人の顔を順番に見回した。

「もちろん、話に俺たちはいっさい口を挟みません。他の客もいませんし、奥のテーブル席に座ってもらって」

行介は慌てていい、奥の席を目顔で指して「おい順平」と声をかけた。

行介の言葉に、順平は理央子をうながしていちばん奥の席に移動した。

「行さん、大丈夫か。もし理央子さんがナイフでも取り出したら――いくらお前さんでも奥の席まで、すっ飛んではいけないだろう」

新しいコーヒーをサイフォンにセットしている行介に向かって、島木が小声でいった。

「そのときは、そのときだ。世の中、なるようにしかならん」

行介は吐き出すような声を出し、奥の席を窺う。

二人は固まったように、身動ぎもしないで座りこんでいた。順平は肩を落してうつむき、理央子はそんな順平を凝視するように見つめている。まだ話は始まってはいない。

苛々しながら行介はコーヒーの落ちきるのを待つ。そして出来あがったコーヒーと冷水をトレイにのせ、急いで奥の席に運ぶ。手早くテーブルの上に並べてから、

「順平っ」

と大声をあげる。

「お前のことだから、言い訳ととられるのが嫌なんだろうが、お前の話は決して言い訳じゃない、真実だ。そして理央子さんには真実を知る権利がある。いうならば、これはお前のためじゃなく、理央子さんのための話だ。そこのところを間違えるな」

行介は一息ついて、

「そして、その話を真実ととるか、嘘ととるかは、前にもいったように当事者の理央子さん自身だ。お前があれこれ、考えることじゃない。そういうことだ」

と順平の背中をどんと叩いた。

「はいっ、わかりました、兄貴――」

蚊の鳴くような声を順平は出し、

「実は、理央子さん」

と口を開いた。その様子を確認して、行介は厨房に戻る。

「大丈夫なの、順平君」

すぐに冬子が訊いてきた。

「大丈夫だ。ようやく話を切り出した。まったくあいつは初心(うぶ)というか、妙なプライドの持主というか、困ったもんだ」

「それもあるだろうが――」

島木が妙に真面目臭くいう。

「順平君は、心底理央子さんに惚れているから——そういうことだと俺は思うよ。朴念仁の行さんには、なかなかわからないことかもしれんが」

「そうそう、私もそう思う」

冬子がうなずいた。

二人の話は、それから一時間以上つづいた。深刻なやりとりのように見えたが、話の内容はまったくわからなかった。

一度だけ、理央子の表情が大きく変ったときがあったが——あれは、あの事件の真犯人が順平とは別人だということを知らされたときに違いない。それ以外、理央子の様子に変化はなく、順平に危害を加えるような素振りも見られず行介をほっとさせた。

話が終り、理央子と順平はカウンターの前にやってきた。

「話はすべて聞きました」

掠れた声を理央子は出した。

「もし順平君の話が事実なら、私としては裁判をもう一度やってほしいと思います。でも一事不再理という刑事訴訟法の原則がある限り、残念ながらそれはできません」

法律家志望の恋人を持った女性らしい言葉を口にしてから、

「じゃあ、私はこれで」

と理央子はカウンターに自分のコーヒー代を置いて深く頭を下げた。

「あっ、もうお帰りですか」

名残り惜しそうに島木がいった。

「何だかすぐには、頭の整理がつかなくて。詳しい話は順平君から聞いてください」

そういって理央子は背中を向けた。

「順平君、話はいったいどうなったの。理央子さんは話を信じてくれたの」

突っ立っている順平をカウンターの丸イスに座らせ、冬子が待ちきれないという表情で訊く。

「そうだ。そこのところを、わかりやすく話してみろ」

行介も催促の言葉をぶつける。

「それが、半分は理解してくれたんですが、あとの半分はまだ」

情けなさそうな顔で順平は答えて、詳細を話した。

順平は中学時代に国本から恩を受けた話をまずしてから、そのためにあの事件の犯人になってくれと国本に懇願されて承諾したことを理央子に伝えた。

そして刑を終えて国本に会いにいき、思いもかけなかった理不尽な扱いと、その後の酷い事実を知って、国本に対して殺意を固めたことを語った。そのために人を殺したことのある行介の住む、この町にきたのだと。

このとき理央子は——。

「そのために行介さんの住む、この町に……」

ぽつりとこういい、

「じゃあ、私と同じじゃない。私は――」

順平を凝視した。

「私は順平君を殺すために、行介さんの住むこの町にきたんだもの……何かの因縁としか思えない」

吐息をついて理央子はいい、

「二人の殺人の根は同じ。あの事件の理不尽さからくる憎しみ――ただ、順平君と私とでは相手が違った。順平君は国本という男で私は……」

理央子の表情に悲しさのようなものが走り、

「目の前にいる、順平君」

低すぎるほどの声でいった。

「はいっ」

と素直に順平はいってうなだれる。

無言の時が流れた。

理央子が真直ぐ順平の顔を見た。

「話はわかったわ。多分それが真実なんだろうと私も思う。でも、やっぱり何か、しこりのようなものが胸の奥に残っている。だから半分くらいしか受け入れることができない」

顔を歪めて理央子はいった。

「その、理央子さんの胸のしこりを取り除くためにはどうしたらいいですか」

「国本という男の口から、自分がやったという言葉を直接聞きたい。そして私に頭を下げてもらいたい――そうすれば、しこりは消えるような気がする」

「それは――」

国本が罪を認めるなどとは到底思えなかった。第一、国本は順平に会おうともせず、代理人の弁護士をよこして脅しまがいの言葉をぶつけるようなことをしているのだ。しかし、理央子がそれを望んでいるとしたら、何とかして。

「あのう」

順平は恐る恐る声を出す。

「それが実現したら、理央子さんは殺人をやめてくれますか」

「それは、わからない。そのときになってみなければ。ただ、殺す相手が順平君から国本というその男に変ることだけは確か」

絞り出すような声で、理央子はいった。

「それは駄目です。理央子さんに殺人を犯させることはできません。国本を殺すなら俺がやります。もともと、そのつもりでこの町にきたんですから」

一気にいった。

「当事者は私で順平君じゃない。それは筋違いというもの。私の恨みは、私自身で晴らします」

「駄目です、絶対に駄目です。理央子さんを殺人者にするわけにはいきません。理央子さんには幸せになってほしいんです。これから先、ずっとずっと、理央子さんには幸せに。それが俺の、いちばんの願いです」

順平は泣いていた。

理央子が大好きだった。

自分の身など、どうでもよかった。

「幸せ……」

ぽつりと理央子が呟いた。理央子の目も潤んでいた。

「もし……」

と理央子はいった。

「もし、あの事件が再審ということになって、国本という最低の男が有罪の判決を受けたら……」

消え入りそうな声を出した。

「そのときは、殺人を諦めてくれるんですね。理央子さん」

念を押すように順平はいう。

「でも無理。一事不再理という法律がある限り、そんなこと、できるはずが――」

暗い顔で首を振る理央子に、

「そうかもしれませんけど、国本の野郎だけは絶対に連れてきて頭を下げさせます。それだけは」

必死の思いで順平はいう。

「ありがとう。でも、そんな最低の男が私に頭を下げるなんて無理なような気がする。誰が真犯人なのか、はっきりさせてくれるのはありがたいけど」

理央子はそういって、ゆっくりと立ちあがった。

「なるほど、そういう展開になりましたか」

話を聞き終えた島木が、腕をくんで唸(うな)りながらいった。

「だけど、話はあまり進展してないんじゃないの。理央子さんは順平君の話に真実は感じたんだろうけど、それでも一抹の不安があって、それを取り除くためには国本を自分の前に連れてきて謝罪させろと――そして殺人をやめさせるためには、最低、あの事件の再審を実現させて国本に罪の償いをさせろと。これって両方とも相当難しいことなんじゃないの」

冬子が順平と理央子の話の要点を手際よくまとめた。

「やっぱり理央子さんは、順平のことが好きなのかもしれんな」

行介はぽつりといった。

「えっ、何だよ、いきなり」

呆気にとられた表情で、島木が行介を見る。

「いや、二人の話の一部始終を聞いて、ふとそんな気がな」

「そんなことないですよ、兄貴。理央子さんに限ってそんなこと」

慌てて順平は首を振る。

「で、国本を連れ出して、理央子さんに頭を下げさせる方法はあるのか」

「それは今のところ……でも、再審は無理としても、それだけは何とか実現させないと、何のために理央子さんに会って話をしたのかわかりません」

「だけど、もしそれが実現したとしても、結局、その国本という最低男を理央子さんは殺しに……」

冬子の苛立った言葉に、

「それだけは絶対にさせません。そんなことになったら、俺のほうが先に国本を刺します。理央子さんを人殺しにはしません」

吼えるような口調で順平はいった。

それから一週間ほどたった夕方、ふらっと順平が店にやってきた。

「ブレンド、お願いします」

とカウンターの前に座って声を張りあげてから顔を綻ばせた。

行介はサイフォンをセットしながら、

「何だ、えらく機嫌がよさそうじゃないか」

怪訝な思いで声を出す。

「兄貴、国本の野郎が理央子さんに謝罪することを承知したんです」

驚くようなことを口にした。

「承知したって——しかしそれは国本が自分の罪をお前にかぶせたということを、理央子さんに告白することになるんじゃないのか。いったいどんな手を使ったんだ」

と行介がいったところで、ちりんと鈴の音が聞こえて島木が入ってきた。

「おや、これは順平君。この非常時にこんなところで油を売っているとは、これはもう稀代の大物というか、何というか」

相変らず芝居がかったことをいって、順平の隣にどかりと座りこむ。

「実はな島木、順平が例の国本から理央子さんに謝罪をさせる約束をとったというんだ」

「何と、そんなことが。いったいどんな方法で、その最低男をたぶらかしたんだ」

啞然とした表情を島木は浮べる。

「メールを使ったんですよ」

順平は得意満面の表情で、事のいきさつを話し始めた。

「電話をしてもあいつは出ないし、それならメールで一発脅してやろうと、あいつのスマホにいろいろ書いて送りつけてやったんですよ。メールを送るのは初めてなんで、ブロックもされてなく、すんなりとあいつの元に届いて……」

順平によると、そのメールは――。

お前がいつまでも俺を無視するなら、ネット上にお前が俺にした、あの事件の酷い仕打ちを全部ぶちまける。もちろん実名で。さらに俺の知っているお前の汚い部分――小学生のころから高校生に至るまでの出来事を詳細にぶちまけてやる。それが嫌なら俺に電話しろ。そしてひとつのことを実行しろ。そうすればこれ以上、俺はお前につきまとわねえ。きっぱりと縁を切る。ちなみに、俺は名誉棄損で訴えられようが刑務所にまた入れられようがまったく構わねえ。電話をしねえのなら、いろんな方法で俺は一生お前につきまとってやる。

こんな内容を国本に送りつけたという。

「なるほどなあ。自分をすててしまえば、人間は強くなれる。その見本のような、メールですなあ」

　感嘆した口ぶりの島木に、

「あいつは極端に周囲を気にする、イイカッコシーの二枚目気取りですから、これなら必ず反応はあるはずだと思って」

　嬉しそうに順平がいう。

「それで、国本は食いついてきたんですか」

　島木は興味津々の顔つきだ。

「きましたよ。三日後に電話がありました。震え声で」

　そのとき国本は――。

「順ちゃん、目的は何だ。金ならある程度は払う用意はあるけど」

　まず、こういったという。

「金なんぞはいらねえ。大金が欲しくなったら闇の仕事をやれば手に入る。いよいよ食えなくなったら、刑務所に入れば三食つきの気楽な暮しが待っている。何なら、お前を殺して刑務所に入ってもいいし。いいか国本、お前が相手にしているのは、そういう類の男だっていうことを忘れるんじゃねえ。なくすものが何もねえ人間っていうのは怖いぞ」

　順平が脅しつけると、

「それじゃあいったい何が欲しいんだ。よほどのことじゃない限り、順ちゃんの希望にそうようにするからさ」

猫なで声で国本はいった。

「俺の望みは、お前の謝罪だ。お前があのとき突き飛ばして怪我をさせ、そのあと命を絶った男の恋人だった女性にだよ。その女性に本当のことを話して、謝ってくれればいいんだ。俺の望みはそれだけだよ」

「その女性って、順ちゃんの？」

「ひょんなことから知り合ったんだが、俺はその女性に惚れている。しかしこのままでは、にっちもさっちもいかねえ。何たって俺はその女性の元彼の加害者だからな。そういうことだよ、国本さんよ」

怒鳴り声を出した。

「だけど、その女性に謝るということは俺が自分の罪を認めるということで、そうなったら俺は警察に――」

「捕まらねえよ。日本の法律には一事不再理というのがあって、一度裁判で判決が出ちまったものはどうしようもできねえんだ。お前、顧問弁護士がいるくせに、そんなことも知らねえのか。何だったら、そいつに訊いてみろよ。俺を脅しにきた弁護士先生によ」

皮肉をこめていってやると、

「脅すだなんて、そんなこと。あれは成り行き上、そうなっただけで……だけど、その不再理とかいう話は聞いたことがあるよ」

国本は、ちょっと安心した口調でいった。

「それに俺は、その女性に真実を知ってほしいだけで、他で触れ回るつもりはねえよ。そんなことをしても、どうにもならねえことはわかってるしな」

順平はいったん声を落してから、

「ただし、お前がこの要求を拒否すれば、ネットにはお前の悪行が拡散することになる。それも永遠にな。女に関する恨みは怖いぞ。それにその場になって、もしお前が事実をいうのを拒むようだったら俺はお前を殴り殺す。心配だったら、ナイフの一本でも持ってこいよ」

思いきり凄んでみせた。

「わかった。それくらいなら協力するよ。それで、いつ、どこへ行けばいいんだ」

国本が折れた。理央子に謝罪することを承諾した。

「なるほど、そういうことか。凄いな、順平」

話を聞き終えた行介は、感嘆の言葉を出した。

「しかし、国本から謝罪を受けた理央子さんが逆上して――という問題がまだ残っていますが」

心配そうな口ぶりで島木が口を開いた。

「そのときは、俺が体を張って何とかします」

即座に答える順平に、

「で、国本とはいつどこで会うんだ」

肝心なことを行介は訊いた。

「三日後の夕方六時。場所は、すみません、ここにしました」

「上出来だ。ここなら、いざというときに何とでもなる」

行介は胸をなでおろす。

「それで兄貴に、ちょっと頼みが。理央子さんにこのことを話して、その時間にここにきてほしいと伝えてほしいんです。俺の口からいうのは何となく気恥ずかしくて」

順平が頭を掻きながらいった。

「わかった。約束の三十分前にはここにくるようにと、理央子さんには必ず伝えておく。心配するな」

行介は大きくうなずいてみせる。

「いよいよ、正念場だな。骨はひろってやるから、思う存分に」

順平の肩を島木が、ぽんと叩いた。

その日、順平が『珈琲屋』に姿を見せたのは、五時を少し回ったころだった。

つづいて島木が、冬子もそのあとすぐにやってきた。

三人は並んでカウンターの前に腰をおろし、いちばん奥の席を理央子のために空けた。

理央子がきたのは、ちょうど五時三十分。青ざめた顔で奥の席に腰をおろした。

すぐに行介は湯気のあがるコーヒーを理央子の前に置く。

「まずこれを飲んで、落ちついて」

理央子は両手でカップを持って口に運ぶ。

「おいしいです。でも、やっぱり落ちつけません」

理央子の言葉に行介は笑ってうなずいてから、

「順平、国本が店に入って少ししたら俺は表の札を閉店に替える。お前たちが話しているときに誰か入ってきたら、やりにくいだろうからな。かといって、くる前から替えていれば、店ぐるみだと相手に警戒されることになる」

「さすが行ちゃん。いっぱしの策士」

感心したような声をあげる冬子に、

「姑息（こそく）というか騙（だま）し討ちというか、ちょっと気が引けるが、これも世のため人のためということでな」

行介はいう。

「まあ、それが騙し討ちというなら、世の中は騙し討ちばかりということになる。それぐらいは可愛いもんだ。ねえ、理央子さん」

同意を求める島木に理央子は、

「あっ、そうですね、可愛いもんですね」

どことなく歯切れの悪い言葉を返した。そして順平のほうを見て、

「順平君、ちょっと」

と席を立って扉に向かって歩き出した。

順平も席を立って理央子の後を追い、二人はそのまま外に出ていった。

「俺、何かまずいことでもいったかな」

島木が行介と冬子の顔を交互に見た。

「どうなんだろう。ちょっとした打合せのようなものだと思うけど」

気にもとめない口調で冬子は斬りすてた。

順平と理央子が戻ってきたのは十分ほどたってからだった。

「すみません。少し内密の話が」

申しわけなさそうにいう理央子に、

「そりゃあ、こんな重大事だもの。そういうことは当然あるわよね」

鷹揚（おうよう）に冬子が答えた。

国本がきたのは、六時を十五分ほど回ったころだった。順平はすでに奥のテーブル席に移り、片手をあげて国本を迎えた。

国本はさすがに落ちつかない表情で周りを見てから、恐る恐るといった様子で順平の前に腰をおろした。順平がいったように国本はちょっとした二枚目で、着ているものもかなり高価に見えた。

いよいよ対決の始まりだった。

二人は真剣な顔つきで、テーブルの上にかぶさるような格好で話をし始めた。行介はトレイにコーヒーと冷水をのせて持っていき、二人の前にゆっくりと並べる。そのあと一礼し、札を切り替えに出入口に向かった。

厨房に戻ると、

「おい、二人は何の話をしていた」

島木がカウンターに身を乗り出して訊いてきた。

「わからん。俺の耳に聞こえたのは、本当にこのことは他にもれないんだろうなという、国本の声だけだ」

「仕方ないわね。何といっても将来に関わる密談なんだから」

助け船を出すように冬子がいった。

十五分がたった。

三十分がたっても、二人はまだ額をつき合せて話をしている。

そして一時間近くになった。

「おい、いくら何でも話が長すぎないか。といっても、もめてるようには見えないしな」

しきりに島木は首を捻っているが、理央子は満足そうな表情だ。そんな様子に違和感を覚え、

「理央子さん、さっき順平と何の話をしてきたんですか」

行介は理央子にそっと訊いた。

「それは――」

理央子は少しいい淀んでから、

「できる限り、あの事件のときの様子を国本の口からいわせるようにと」

妙なことを口にした。

「事件の様子を国本から？」

島木がまた首を捻った。

「実はあの、ちょうど営業用の札のことで姑息とか騙し討ちという話になって、すぐには話が切り出しにくくなって」

まだ話が見えてこない。

「私、騙し討ちそのものの道具を順平君に渡したんです。上衣のポケットに入れてと、ペンシル型のボイスレコーダーを。だから、ちょっときまりが悪くなって外へ……」

いかにも申しわけなさそうに、理央子はいった。

「理央子さん、凄い策士――行ちゃんなんか足下にもおよばない。で、どんなことを順平君にいったの」

冬子が感嘆の声をあげた。

「できる限り事件の様子を録音してほしいと。たとえば、今夜はすべて本当のことを話してほしいとか、あのときいったい何がおきたのか。その結果、国本が順平君に何を頼んだのか……中学生のとき受けた恩の話から、あのときの詳細まで。国本自身の口から語られるように、ごく自然に話を進めてほしいと順平君に」

理央子の顔から申しわけなさは消えていた。

「おうっ、それはいい、実にいい」

島木の口から低い歓声があがった。

「それを裁判所に提示すれば、再審の道が開ける。まさに名案ですな。だから長話になっても理央子さんは動じなかった。逆に詳しい話が聞けていると喝采を送っていた。そういうことですな」

「即座に証拠になるかどうかはわかりませんが、重要な布石にはなるはずです。でも、もうひとつ何かがあれば、心強いんですけど、そこまではとても思いつかなくて……これもいちおう、順平君には頼んではおきましたけど」

掠れた声で理央子はいった。

「もうひとつ、何かですか」

島木が天井を見つめるのを見て、

「大丈夫ですよ。必ず充分な証拠になるはずです。そしてそうなれば、理央子さんもその胸に抱いている、犯人を殺すという気持から解き放されるはずですから」

しっかりした口調で行介がいったとき、奥の席の二人が立ちあがるのが見えた。

順平と国本がカウンターの前にきた。

「あの人が被害者の恋人だった、理央子さんだ」

順平が目顔で示すと、国本は行介たち三人の顔を交互に見て、

「何だ、あとの三人は。いかにもみんな親しげな様子だが」

国本は怯(おび)えた表情を浮べた。

「理央子さんの応援団だよ。お前のような最低の男をこらしめるための……そんなことはいいから、さっさと謝れよ」

とたんに国本の顔色が変った。

「こらしめるためって――順ちゃん、俺を騙したのか」

「人聞きの悪いことをいうな。それはお前のことだろう」

順平が吼えるが、

「ということは、今日のこれは俺を刑務所に送るための茶番か。しかし、お前がいったように日本の法律は一事不再理が原則だ。俺を裁くことはもうできん」

国本はせせら笑った。

「そうとはいえない。順平君の上衣にはボイスレコーダーが仕込んである。お前の話はすべて録音されている。それを裁判所に提出すれば――」

大音声を張りあげたのは、島木だ。

国本の顔が土気色に変った。

目だけが血走っている。

「貴様ら。よってたかって俺をコケにしやがって、どうするか見てろ」

甲高い声でいった。

「どうするっていうの。刑務所に行くのが嫌なら、私が殺してあげましょうか」

ナイフでも握っているのか、バッグのなかに右手を入れて理央子が一歩前に出た。

顔が引きつっていた。

鬼の形相だった。

「駄目だ、理央子さん」

叫んだのは順平だ。

「こいつを殺すのは俺の役目だ。いや、こんなやつを殺して長い刑務所暮しは割に合わない。俺の拳でこいつの顔面を砕いてやる。二度と人前に出られねえ顔にしてやる」

順平が国本と向かいあった。

大きな拳を、胸元で握りこんだ。

土気色だった国本の顔が、さあっと白くなり能面のようになった。

順平が国本に近よった。

「前から、その二枚目面が気に入らなかったんだ。大して良くもねえ顔をひけらかしやがってよ。とことん潰してやるから、そう思え」

とたんに国本が後退った。怯えていた。

ズボンの後ろのポケットから、何かを抜いた。サバイバルナイフだ。

「やっぱり持ってきたのか。馬鹿野郎がよ。度胸もないくせに、本当に刺せるのか」

挑発するようにいって順平が拳を振りあげたとき、国本がぶつかってきた。両手にしっかりとナイフを握りこんで。

ナイフは順平の心臓あたりに深く突き刺さった。血がしぶいた。

「上等じゃねえか」

順平の右の拳が国本の顔にめりこんだ。

鼻がつぶれて歯が砕けた。

国本の顔は真赤になり、その場に倒れこんだ。

順平が呻いた。

「これだけの事件がおこれば、警察も裁判所も動いてくれるんじゃないですか。理央子さんのいう、もうひとつの何かになりませんか」

いい終えた瞬間、順平は崩れ落ちた。

「お前、わざと」

かけよった行介は、順平を抱きおこした。

冬子がケータイで救急車を呼んでいた。

島木は直立不動で固まっている。

理央子は順平のすぐ横だ。

「順平、しっかりしろ、順平」

行介の怒鳴り声に、

「兄貴っ、俺、やっぱり理央子さんが好きなようです」

つまった声でいった。

両目を閉じた。

「私も順平君が……」

理央子が叫んだ。

救急車のサイレンの音が聞こえてきた。

解説

吉田伸子（書評家）

「珈琲屋の人々」シリーズも、本書で五作めとなる。ファンの方にはお馴染みだと思うのだが、シリーズを未読で、本書を初めて手に取る方のために、まず最初に本シリーズの概要を書いておく。

舞台は、総武線沿線の商店街にある「珈琲屋」という喫茶店だ。店を営むのは、過去に人を殺め、服役した過去を持つ宗田行介。同じ商店街にある「蕎麦処・辻井」の冬子、洋品店「アルル」の主人・島木は幼馴染みで、行介が八年の刑期を終え、商店街に戻ってきた時、何の偏見もなく昔通りに受け入れてくれたのは、この二人だけだった。

行介が殺めた相手は、地上げ屋だった。バブル期の終わり、地上げ屋の対象となった商店街で、反対運動の会長をやっていた自転車屋の娘が、何者かに襲われ暴行される、という悲惨な事件が起きてしまう。高校生だった彼女は、そのことを苦に自ら命を絶った。複数とされた犯人は不明だったのだが、「珈琲屋」にやって来た青野という男の口ぶりから、彼が主犯格だと知った行介は、衝動的に男の頭を珈琲屋の柱に何度も打ち付けていた。男は死に、行介は懲役八年の実刑判決を受けた。

行介と付き合っていた冬子は、行介の服役中、一旦は地方の名家に嫁いだものの、行介を忘れることができずに、出戻っていた。名家ゆえ、軽々に離婚は許されないとわかっていた冬子は、わざと年下の男と浮気をし、婚家を追われるという手段を選んだ。この離婚のくだりに、冬子という女性の一途さ、激しさが出ているのだが、こういうディテールの巧みさは、本シリーズの随所に出て来る。

島木は、自他共に認める、商店街一のプレイボーイで、ともすれば病的なまでの女好きなのだが、どこか憎めない。こと女が絡むとなると、本気で怒ったり拗ねたりするのだ（ちなみに、島木のエピソードはシリーズ第一作収録の「手切金」と第三作収録の「恋歌」をお読みください。とりわけ「恋歌」では、島木の妻・久子にぐっときます！）。

この、冬子と島木が、シリーズのレギュラーで、「珈琲屋」にやって来る人々のドラマが各話で描かれる、というのがシリーズの骨組。もちろん、人々のドラマと並走するように、行介と冬子の愛の行方も。敢えて不倫を演出してまでも冬子が離婚したかったのは、出所した行介と共に人生を歩みたい、二人で幸せになりたい、という願いがあったからこそ。けれど、行介は、人を殺めた自分が幸せになることはできない、と頑なに独り身を貫いている。行介だって、冬子を愛しているし、冬子の想いも痛いほど分かっている。それでもなお、自分には幸せになる資格はない、と思い定めているのだ。

冬子には、それが行介の行介らしさだと誰よりも分かっている。それでも、もうこれ以上自分を苛むのは止めて欲しい、一緒に幸せになりたい、自分を受け止めて欲しい、とことあるごとに行介を促すのだが、この件に関してだけは、行介の心が開かれることはなかった。

つまり、本シリーズには「珈琲屋」を訪れる人々の物語と、行介と冬子、二人の物語があるのだ。絶妙なのは、前者にはハッピーエンドにせよバッドエンドにせよ〝終わり〟があるものの、後者にはない、という点だ。シリーズが進んでいくにつれ、行介も冬子への想いをちゃんと口にするようになってきてはいるけれど、それでも自分と冬子が結ばれることだけは、自分に許していない。だからこそ、読者はこの二人の行方が知りたいと思う。いつか行介がその戒めから自由になる日が来るのだろうか。いつか冬子の想いが叶う日が来るのだろうか、と。そういう日が来て欲しい、いつか行介に寄り添い、穏やかに微笑む二人の姿を見たい、と。

本シリーズは、七つの章で構成されているのだが、最初の章と終章が呼応する形になっているところにも、池永さんの物語巧者ぶりがうかがえる。五作めの本書では、巻頭の「それから」と終章の「これから」が、いわば、起と結だ。こういう構成の妙を味わうのも、本シリーズの楽しみである。

「それから」に登場する、刑務所で服役中の行介と出会い、行介を兄貴と慕う順平。民生委員の紹介で、行介と同じ町の運送会社に職を得、商店街裏のアパートで暮らし始めた順平は、「珈琲屋」に顔を出すようになる。そんな順平と同時期くらいに、町にやって来た一人の女がいた。閉店していたおでん屋（「伊呂波」という曰く付きの店なんですが、その曰くの顚末はシリーズ二作めに描かれています）を再び開いたその女、江島理央子目当てに、島木は行介を伴って店を訪れる。行介は初めて理央子を見たその夜、彼女の目に、順平の暗い眼差しに似たものを感じる。

順平と理央子、二人の暗い眼差しの秘密、は実際に本書をお読みください。本書では、この順平のドラマと理央子のドラマが、どんなふうに絡まり合っていくのか、も読みどころです。

それにしても、本書を読むと、これまでのシリーズでも感じていたことが、よりくっきりと浮かび上がっているな、と思う。それは、「珈琲屋」を訪れる人々のドラマは、そのまま現代日本の縮図でもある、ということだ。「年の差婚」では、童顔であることから、本当の年齢よりも十歳若く履歴書を偽って働いている知佐子の、ある皮肉な顚末が描かれている。

ここにあるのは、いわゆるルッキズムの問題だ。知佐子が年齢を偽ったのは、「若く見られたほうが、誰からもちやほやされる」ことを知ったからだ。もちろん、だからといって、年齢を詐称してもいいことにはならない。けれど、長らく勤めていた会社が倒産し、再雇用の道を探す四十歳の知佐子にとっては、職を見つけるために必要なことでもあったのだ。

「女同士」に出て来るのは、職場でのいじめだし、「これから」では、両親に尊重されることなく育った順平の過去が出て来る。「商売敵の恋」では、一念発起してカフェを開いた元ホストが、結局は元の世界へと戻っていくまでのドラマが描かれている。

それぞれに悩みや闇を抱えた彼らが「珈琲屋」を訪れるのは、行介が犯した罪を知っているからだ。〝人殺し〟をその目で見ることで、自分のなかにある昏い感情をなんとかしたいと思うからだ。要するに、彼らは行介を利用しているのだが、そのことを一番理解しているのは行介だ。行介は彼らを受け止める。人を殺めるという罪を犯した最低な自分を利用することを良しとするのだ。

いや、良しとするというよりは、彼らが昏い感情と折り合いをつけられるのであれば、むしろ利用して欲しいとさえ。行介はそのことを贖罪として自分に課しているわけではない。悩み苦しむ彼らが、自分のように人を殺めてしまう〝獣〟にならないように、ただそれだけを願っているだけなのだ。〝獣〟を待ち受けているのは〝地獄〟だ、と知っているから。

本書には、要所要所にぐっとくる言葉が出て来るのだが、今回は冬子のこの言葉が強い印象を残す。「年の差婚」に出て来る知佐子は、年下の恋人から求婚され、本当の年齢を告げるべきか悩むのだが、その時、冬子は言うのだ。知佐子の相手への想いは、恋心なのか執着心なのか、と。「恋心は冷めますが、執着心をさますことはなかなかできません。いい換えれば呪いのようなもので、尋常一様のものではありません」

冬子は続けて言う。「私はこの呪いのために、なかなか行動を示してくれない行ちゃんを諦めることが、いまだにできない状態ですから」と。その場には行介もいるわけで、だからこそ、冬子のこの言葉がずしりと重い。それでも、本当のことを告げて、相手から拒否されたら、と心を決めかねている知佐子に、冬子はさらに言葉を重ねる。拒否されたら、「今度は自分のほうから、食らいついていく。あっさりと諦める物分かりのいい恋など、ただの恋愛ごっこ。本当に人を恋するということは、何がなんでも相手に食らいついていく執着の心だと私は思う」

冬子のこの言葉は、知佐子へのものであると同時に、行介にも向けたものだし、何より、冬子が自分自身に向けたものでもある。その苛烈さに、冬子という女の一途さ、行介に寄せる想いの深さがあらわれている。

行介と冬子、二人にとっての幸せな結着がいつになるのか。その日は来るのか。次作での展開がどうなるのか、待ち遠しい。

初出

それから　「小説推理」21年3月号・4月号
年の差婚　「小説推理」21年5月号・6月号
女同士　「小説推理」21年7月号・8月号
二つの殺意　「小説推理」21年9月号・10月号
商売敵の恋　「小説推理」21年11月号・12月号
心もよう　「小説推理」22年1月号・2月号
これから　「小説推理」22年3月号・4月号

本作品は文庫オリジナルです。
作中に登場する人物、団体名は全て架空のものです。

双葉文庫

い-42-07

珈琲屋の人々(こうひいやのひとびと)
心(こころ)もよう

2022年9月11日　第1刷発行

【著者】
池永陽(いけながよう)

【発行者】
箕浦克史
【発行所】
株式会社双葉社
〒162-8540 東京都新宿区東五軒町3番28号
［電話］03-5261-4818(営業部)　03-5261-4831(編集部)
www.futabasha.co.jp（双葉社の書籍・コミックが買えます）
【印刷所】
大日本印刷株式会社
【製本所】
大日本印刷株式会社
【カバー印刷】
株式会社久栄社
【DTP】
株式会社ビーワークス

【フォーマット・デザイン】
日下潤一

落丁・乱丁の場合は送料双葉社負担でお取り替えいたします。「製作部」宛にお送りください。ただし、古書店で購入したものについてはお取り替えできません。［電話］03-5261-4822（製作部）

ISBN978-4-575-52598-4 C0193
Printed in Japan